Bianca

WITHDRAWN

Julia James
Emboscada de pasión

HARLEQUIN

Editado por HARLEQUIN IBÉRICA, S.A.
Núñez de Balboa, 56
28001 Madrid

© 2012 Julia James. Todos los derechos reservados.
EMBOSCADA DE PASIÓN, N.º 2210 - 13.2.13
Título original: Painted the Other Woman
Publicada originalmente por Mills & Boon®, Ltd., Londres.

I.S.B.N.: 978-84-687-2405-8
Depósito legal: M-39390-2012
Editor responsable: Luis Pugni
Fotomecánica: M.T. Color & Diseño, S.L. Las Rozas (Madrid)
Impresión en Black print CPI (Barcelona)
Fecha impresion para Argentina: 12.8.13
Distribuidor exclusivo para España: LOGISTA
Distribuidor para México: CODIPLYRSA
Distribuidores para Argentina: interior, BERTRAN, S.A.C. Vélez
Sársfield, 1950. Cap. Fed./ Buenos Aires y Gran Buenos Aires,
VACCARO SÁNCHEZ y Cía, S.A.

MARISA soltó un grito sofocado cuando el hombre que tenía delante abrió la cajita que acababa de sacarse del bolsillo de la chaqueta.

—Para ti —dijo él, mirándola con cariño—. Quiero que lo tengas.

Emocionada, Marisa acarició las piedras, que brillaban bajo la luz de las velas.

—¡Es precioso! —exclamó ella y, al momento, su gesto de tornó de preocupación—. ¿Pero estás seguro...?

—Sí, muy seguro —afirmó él, asintiendo con decisión.

Marisa tomó la cajita y cerró la tapa, mirando al hombre que acababa de darle tamaña prueba de lo que ella significaba para él. La guardó en el bolso de cuero que también él le había regalado y volvió a posar los ojos en su acompañante. ¡Solo tenía ojos para él! Desde luego, no para el hombre de mediana edad que se ocupaba en teclear algo en su móvil, sentado unas mesas más allá.

Ian era el centro de su vida y Marisa no tenía ojos ni pensamientos para nadie más. Desde su primera cita hasta ese precioso momento, él había transformado su vida por completo. Ella no había esperado nada parecido cuando había aterrizado en Londres hacía unos meses. Era cierto que había tenido un objetivo y ambiciones, pero seguía resultándole maravilloso que se hubieran hecho realidad. Y más que se hubieran materializado en el cuerpo de un hombre tan maravilloso como el que tenía delante, contemplándola con absoluta devoción.

Lo único que no le gustaba era tener que esconderse, como si fuera algo vergonzoso, pensó Marisa, mordiéndose el labio. Nunca sería presentada en público. Por eso, debían verse así, en lugares que Ian no solía frecuentar y donde no sería reconocido. No podían arriesgarse a que nadie cuestionara qué estaban haciendo juntos. Nadie que los conociera a él y a Eva.

Eva...

Su nombre resonaba en los pensamientos de Marisa como un fantasma persistente. Con ojos humedecidos, contempló al hombre que le sonreía al otro lado de la mesa. Si Eva no tuviera el papel que tenía en la vida de Ian...

Capítulo 1

ATHAN Teodarkis ojeó las fotos que tenía esparcidas sobre el escritorio y apretó los labios, lleno de furia.

¡Había sucedido justo lo que él tanto había temido! Desde el momento en que su adorada hermana Eva le había confesado de quién se había enamorado...

Con la espalda rígida, trató de controlar su rabia. Sumido en sus pensamientos, levantó la vista hasta las magníficas panorámicas de la ciudad de Londres que podían verse desde las ventanas de su despacho en la sede central de Teodarkis International.

De nuevo, posó la mirada en las fotos. Aunque habían sido tomadas con un móvil y desde seis metros de distancia, eran una prueba irrefutable. Mostraban a Ian Randall observando con devoción a la mujer que tenía delante.

En parte, Athan entendía por qué.

Era rubia, como Ian, de piel clara y muy hermosa. Su pelo le caía como una cascada de oro sobre los hombros. Sus rasgos eran perfectos... labios carnosos, delicada nariz y enormes ojos azules. No tenía nada de raro que hubiera cautivado a su acompañante.

Había sido predecible por completo. Desde el principio, Athan había temido que Ian Randall fuera un hombre débil y un mujeriego.

Como su padre.

Martin Randall había sido famoso por sucumbir a todas las mujeres guapas que se habían cruzado por su camino. Había ido de flor en flor una y otra vez.

Athan apretó la mandíbula con disgusto. Si así iba a ser también el hijo de Martin...

¡Debería haber impedido que Eva se casara con él! ¡Debería haberlo evitado a cualquier precio!

Pero no lo había hecho. Le había dado a Ian el beneficio de la duda, a pesar de que eso había significado ir contra su intuición. Al fin, se había demostrado que había tenido razón. Ian no era mejor que su padre.

Era un mujeriego y un libertino.

Un adúltero.

Furioso, Athan se puso en pie y recogió las fotos que podían hacer saltar por los aires el matrimonio de su hermana. ¿Habría todavía algo que salvar?

¿Desde hacía cuanto tiempo había estado Ian siendo infiel?, se preguntó. Lo que sabía era que su amante había sido instalada en un piso lujoso pagado por Ian y que su peinado de peluquería, su ropa de diseño y el collar de diamantes que acababa de recibir demostraban que su relación no era baladí. ¿Pero habría pagado su acompañante el precio en especie a tantas atenciones?

A juzgar por las fotos, Ian parecía hechizado. No era el rostro de un lascivo mujeriego, sino de un hombre atrapado en las redes de una fémina de pies a cabeza. Una mujer con la que estaba derrochando su fortuna. Sin embargo, no podía decirse lo mismo de su tiempo. Esa era la única razón por la que Athan mantenía un poco de optimismo ante una situación tan sórdida.

Según el informe del detective privado, no había evidencias de que Ian Randall hubiera visitado a esa chica en su lujoso apartamento, ni que la hubiera llevado a ningún hotel. Hasta el momento, solo había estado con ella en restaurantes y su única muestra visible de adulterio era su expresión embelesada.

Athan se preguntó si estaría a tiempo de parar aquello.

Al parecer, Ian Randall estaba siendo bastante cauteloso y discreto. En eso se diferenciaba de su padre, que no se había molestado en ocultar sus escandalosos escarceos. Sin embargo, si su mirada cautivada era sincera, no tardaría mucho en dejar de lado la prudencia y hacer de esa joven su amante.

Era inevitable.

Athan lanzó el informe de nuevo a la mesa, preguntándose furioso qué podía hacer.

Tenía que hacer algo. Era su responsabilidad. Si hubiera seguido su instinto desde el principio y hubiera impedido el matrimonio de su hermana con Ian, se habría librado de muchas preocupaciones. Sí, Eva se habría quedado destrozada, eso lo sabía... ¿pero qué iba a ser de su hermana cuando se enterara de lo que andaba haciendo su maridito a escondidas?

Athan sabía muy bien en qué se convertiría si su esposo seguía el mismo camino que había seguido su padre. Terminaría tan infeliz y atormentada como la madre de Ian.

Athan conocía muy bien la historia de Sheila Randall, que había sido la mejor amiga de su madre desde el colegio.

—Pobre Sheila —había comentado la madre de Athan una y otra vez, después de sus interminables charlas para intentar consolar a su amiga, en persona o por teléfono.

A pesar de que había estado claro que su marido no iba a cambiar, Sheila no había dejado de esperar que abandonara su vida adúltera y se diera cuenta de que ninguna mujer lo había amado como ella. Y la madre de Athan siempre la había apoyado en sus vanas esperanzas, pues había sido de disposición romántica como Sheila, algo que había heredado su hija Eva.

Para colmo, la madre de Athan había descubierto lo imposible de la redención de Martin Randall de un modo que había estado a punto de echar al traste su propio matrimonio... y su amistad con Sheila. Martin Randall había caído tan bajo como para tratar de conquistar a la mejor amiga de su esposa. Un intento que, tal y como recordaba Athan, había desatado la tormenta en ambas familias. Su madre había tenido que hacer todo lo posible para convencer a su marido y a su amiga de que el acoso de Martin no había sido invitado ni bienvenido.

Los hombres como Martin Randall causaban dolor y desgracia siempre a su alrededor, reflexionó Athan. Casi había conseguido romper el matrimonio de sus padres. Si Ian se parecía a él en lo más mínimo, estaba seguro de que no dejaría más que destrucción a su paso.

Sin embargo, de ninguna manera, iba Athan a consentir tal cosa. Detendría a Ian antes de que pudiera hacer nada. Costara lo que costara.

Con una mueca de rabia, deseó que su hermana Eva pudiera ver a Ian Randall tal cual era. Pero el encanto traicionero de su cuñado la había cegado... igual que le había pasado a Sheila.

Ian Randall había crecido mimado y malcriado por su madre, sobre todo, después de la muerte temprana de su padre. Con su atractivo y sus dotes de seductor, había causado estragos en la adolescencia y en su juventud.

La expresión de Athan se oscureció. Si hubiera podido predecir los acontecimientos, no habría permitido que su hermana Eva se hubiera ido a vivir con Sheila. Sin embargo, cuando su hermana había tenido dieciocho años y su madre había sufrido una muerte trágica, la invitación de Sheila de hacerse cargo de ella le había parecido caída del cielo.

Después de haber perdido a su padre de un ataque al corazón solo dos meses antes, el fallecimiento de su madre había sido un terrible golpe para Eva. Athan había tenido que hacerse cargo de la empresa familiar y su piso de soltero en Atenas no había sido lugar apropiado para una adolescente. Tampoco le había parecido adecuado dejar a Eva sola con los criados en la mansión de la familia.

Le había parecido mucho mejor opción que su hermana se mudara a Londres y fuera a una de las mejores universidades de Inglaterra. Sheila había sido como una segunda madre para ella.

Lo malo había sido que Eva se había enamorado de pies a cabeza del guapo hijo de Sheila.

Pero lo que no entendía Athan era por qué el consentido de Ian Randall había respondido a la pasión de Eva con una propuesta de matrimonio. Aunque tenía sus sospechas. Tal vez, Eva no había consentido irse a la cama con él sin una alianza por delante. O, peor aún, era posible que la inmensa riqueza de la familia Teodarkis lo hubiera cegado.

Aunque Athan sabía que era el único en albergar tan oscuras sospechas. Ni la inocente Eva, ni Sheila Randall las compartían. Por eso, ante la extática felicidad de su hermana, él había aprobado que se casara. Y le había ofrecido un puesto a Ian en el grupo Teodarkis. En parte, lo había hecho para darle gusto a Eva y, en parte, para poder tener a su cuñado bien vigilado.

Durante dos años, sin embargo, Ian se había comportado como un devoto esposo. Hasta que su verdadera naturaleza había salido a la luz. Las pruebas eran contundentes. Estaba viéndose en secreto con una hermosa rubia a la que había acomodado en un lujoso apartamento y había regalado un collar de diamantes.

Su próximo movimiento sería empezar a visitarla en su nido de amor... y cometería la temida infidelidad.

Athan se removió incómodo en su silla de cuero. No permitiría que su querida hermana se convirtiera en la piltrafa de mujer que había sido la mejor amiga de su madre en su matrimonio, esperando que el hombre que amaba rectificara. ¡No lo consentiría! Tenía que parar aquello cuanto antes. ¿Pero cómo?

Podía enfrentarse a Ian con las fotos en la mano, pero su cuñado encontraría alguna manera de explicarlo y salir airoso, pues todavía no había cometido adulterio. También podía llevarle las fotos a Eva, pero así solo conseguiría lo que más temía, romperle el corazón. No podía hacerle eso a su hermana... si podía evitarlo.

Por otra parte, tal vez debiera darle una última oportunidad a Ian, se dijo. Si pudiera cortar esa incipiente aventura de raíz, quizá, Ian Randall terminara siendo un marido decente para Eva.

Podía darle una oportunidad y, si volvía a defraudarle, no tendría piedad con él, caviló Athan.

La pregunta era cómo darle esa oportunidad y prevenir que sucumbiera a los innegables encantos de esa rubia a la que estaba conquistando.

Necesitaba una estrategia, fría y lógica, pensó, frunciendo el ceño.

Entonces, algo se forjó en su cerebro. De acuerdo, Ian quería tener una aventura con esa rubia y, por la expresión que tenía en las fotos, la dama en cuestión parecía tan interesada como él. Tal vez, sus motivaciones tuvieran que ver con la riqueza de Ian o con su seductor atractivo. En cualquier caso, parecía muy dispuesta a complacerlo. Lo más probable era que Ian necesitara hacer muy poco esfuerzo para llevársela a la cama.

A menos...

Un torbellino de ideas inundó la mente de Athan.

Para que hubiera infidelidad, hacían falta dos personas, el adúltero y una amante dispuesta.

¿Qué pasaría si esa amante dejara de estar disponible? ¿Y si Ian Randall no fuera el único hombre rico y bien parecido que la cortejaba? ¿Y si un rival entrara en escena?

Despacio, Athan notó que su tensión se relajaba, por primera vez desde que había abierto el maldito sobre y había visto las fotos.

Reflexionó un poco más sobre su plan. ¿Podía funcionar? Sí, pues solo reemplazaba a Ian Randall por otra persona. Alguien con una inmensa fortuna y un largo historial de conquistas de mujeres hermosas...

Por un instante, Athan titubeó. ¿De veras podía hacerlo?, se preguntó. También, era posible que la rubia estuviera enamorada de veras de Ian Randall... lo cierto era que su expresión de devoción era evidente en las fotos.

Sin embargo, apartó la duda de su mente.

Si ella estaba enamorada, le haría un favor al ayudarla a salir del embrollo, ofreciéndole un sustituto. ¿Qué felicidad iba a encontrar amando a un hombre casado?

Si su plan funcionaba, Eva no sería la única mujer a la que iba a ahorrarle muchas lágrimas innecesarias, se dijo con una tensa sonrisa.

Athan volvió a posar los ojos en la foto que tenía delante y se fijó en ella. Era muy, muy hermosa...

¿Pero sería ético seducir a una mujer y tener una aventura con ella solo para separarla del hombre casado con su hermana? ¿No era un plan demasiado frío y calculador?

Sin dejar de darle vueltas a la cabeza, intentó buscar una justificación para sus acciones.

No pretendía hacerle ningún daño a aquella chica, se dijo. Solo quería apartarla de Ian, con quien no podía tener una aventura.

La lógica de su estrategia era irrefutable, sin embargo, algo le preocupaba. Allí sentado, en su despacho, era fácil maquinar todos los pasos para salvar el matrimonio de su hermana. ¿Pero qué sentiría cuando pusiera su plan en acción?

Una vez más, observó el rostro perfecto y ovalado de la chica en cuestión, el azul celestial de sus ojos, la curva perfecta de sus tiernos labios...

Y tomó una decisión. Sí, lo haría. Claro que lo haría...

Durante un largo instante, Athan siguió mirando el retrato de la bella rubia que tenía sobre la mesa. Entonces, le asaltó la imagen de su hermana, hermosa también, llena de amor por su marido, que a su vez solo tenía ojos para la mujer de la foto.

Athan estaba decidido a proteger a Eva costara lo que costara. Solo tenía que poner su plan en práctica. Sin titubeos.

Con determinación, guardó las fotos en un cajón del escritorio y lo cerró con llave. Tomó el teléfono para llamar a su diseñador de interiores. Su piso de Londres era muy cómodo y lujoso, pero era el momento de redecorarlo. Y, mientras se hacía, tendría que buscar otro sitio donde vivir de forma temporal. Sabía muy bien qué lugar elegir para eso...

Marisa regresó a su casa con paso ligero y el corazón lleno de alegría. La calle Holland Park estaba muy transitada por tráfico y peatones, pero a ella no le molestaba. En comparación con el lugar donde había vivido cuando había llegado a la ciudad, parecía otro mundo. Con su miserable sueldo, solo había podido permitirse una deteriorada habitación con un lavabo en una esquina y un baño compartido al final del sucio pasillo. ¡Londres era tan caro!

El dinero que había ahorrado para hacer el viaje desde Devon le había durado muy poco y encontrar un trabajo con un sueldo decente no había sido tan fácil como ella había anticipado al principio. Aunque no era tan difícil como en Devon, donde casi no había empleo y los pocos que había estaban muy mal pagados. Sin embargo, el coste de la vida en Londres era mucho más alto que en su ciudad natal, sobre todo el alojamiento. Ella nunca había tenido que pagar por el alojamiento antes. La casa en la que había crecido había sido pequeña y vieja, pero no había tenido que pagar nada por ella. En Londres, incluso en las peores zonas, los alquileres eran prohibitivos. Eso significaba que, aunque hubiera encontrado trabajo durante el día, habría tenido que buscar otro de turno de noche para poder llegar a fin de mes.

Aunque todo eso había cambiado en el presente. Su vida no podía ser más diferente. ¡Y todo gracias a Ian!

Conocerlo había sido increíble. Igual que la transformación que Ian había obrado en su vida, pensó, brillante de felicidad. En cuanto él había sabido dónde había vivido ella, le había ofrecido mudarse a un piso de lujo en Holland Park y pagar todos sus gastos.

Y el piso no era lo único que le pagaba.

Sus manos con perfecta manicura apretaron el bolso de cuero y las preciosas botas a juego que llevaba. Se sentía esbelta con ellas, igual que con el abrigo que la mantenía caliente a pesar del frío invernal. El clima era más frío en Londres que en su hogar natal. Sin embargo, en su casita de Devon, la chimenea no había bastado muchas veces para frenar la penetrante y heladora humedad que provenía del Atlántico en invierno.

El calor de la candela podía ser romántico en vacaciones, pero dejaba de serlo cuando había que acarrear leña bajo la lluvia o cuando había que limpiar las cenizas al día siguiente. Por no hablar de lo mal aislada que había estado su casa, una vieja cabaña de granjero que nunca había sido reformada.

No obstante, a la madre de Marisa nunca le había

importado. Había estado agradecida por tener un sitio donde vivir. Durante toda su infancia, Marisa había tenido que sufrir la carencia de dinero y recursos. Su madre no había tenido a nadie que la ayudara ni cuidara de ella...

Pero Marisa sí tenía a alguien.

Sumida en sus pensamientos, sonrió, feliz porque Ian cuidara de ella con tanto mimo. Se sentía abrumada por sus atenciones. Por la casa y por el dinero que le había metido en una cuenta para que lo gastara en lo que quisiera, en ropa, en la peluquería, en tratamientos de belleza... Se había comprado ropa maravillosa, cosas que solo había visto antes en las revistas de moda.

También, se sentía abrumada por la insistencia de Ian en que ella formara parte de su vida para siempre, como le había pedido durante la cena, cuando le había regalado el impresionante collar.

Pero algo nubló la felicidad de Marisa. Por mucho que Ian se preocupara por ella, nunca podría ser el centro de su vida, ni presentarse en público, ni ser aceptada por los demás.

Con un nudo en la garganta, se recordó a sí misma que solo podía ser para Ian lo que era en ese momento. Nunca sería nada más.

Solo un secreto que no debía saberse...

Athan miró el portátil que tenía delante con gesto ausente. Apenas podía concentrarse en el informe que tenía en la pantalla. No podía dejar de pensar en el teléfono que tenía sobre la mesa. En cualquier momento, sonaría. El equipo de seguridad que había contratado para vigilar los movimientos de su objetivo le había informado de que ella estaba a punto de llegar a su piso. Pronto, volverían a llamarlo para decirle que había entrado en el edificio y se dirigía al ascensor.

Apagó el ordenador, lo metió en el maletín y se puso en pie. Su coche lo esperaba en la calle.

Tenía que llegar justo en el momento exacto, se dijo, encaminándose a la puerta con el teléfono móvil en la mano. Entonces, sonó.

–El objetivo acaba de entrar en el edificio y las puertas del ascensor se están abriendo –informó el detective–. Estará en su planta dentro de diecinueve segundos.

Athan colgó, contando los segundos. Al llegar a cero, abrió la puerta de su piso. Nada más hacerlo, las puertas del ascensor al otro lado del pasillo se abrieron

La supuesta amante de Ian Randall salió.

Al verla, a Athan se le encogió el estómago. Era mucho más guapa en persona que en las fotos. Alta, elegante, de piel luminosa y preciosos ojos, el pelo como la seda... Una mujer que quitaba el aliento.

No era de extrañar que Ian no hubiera podido resistirse a ella. Ningún hombre podría.

Si, hasta el momento, había albergado alguna duda sobre su plan, se desvaneció en ese mismo momento. Athan había estado seguro de que era la forma más eficiente y menos dolorosa de separarla de Ian. Pero no había estado seguro de ser capaz de hacerlo.

Sin embargo, al verla en carne y hueso y notar cómo reaccionaba su cuerpo, supo que tenía otra muy buena razón para hacerlo.

No... No podía dejarse llevar, se reprendió a sí

mismo. Tenía una misión y debía concentrarse en llevarla a cabo. Sus propios deseos debían limitarse a servir sus propósitos. Eso era lo que no podía olvidar.

Athan caminó hacia el ascensor con paso decidido. Ella se detuvo nada más salir. Se quedó paralizada, mirándolo.

Estaba reaccionando a su presencia, tal y como él había esperado. Estaba acostumbrado a que las mujeres reaccionaran así al verlo. Sin vanidad, tenía que reconocer que su físico siempre le había resultado atractivo al sexo opuesto. Era cierto que no tenía el aspecto infantil y rubicundo de Ian Randall, pero sabía que su cuerpo fuerte y sus rasgos morenos causaban una buena impresión en las féminas. Como estaba sucediendo en ese momento...

–¿Puedes sujetarme las puertas? –pidió él, siguiendo con su plan.

Marisa salió de su estupor para apretar el botón de apertura de puertas. Athan continuó acercándose y le dedicó una sonrisa de agradecimiento al pasar por su lado.

–Gracias –dijo él, recorriéndola con la mirada.

La habría mirado de todos modos, reconoció Athan, aunque aquello no hubiera sido parte de su estrategia. Cualquier hombre lo habría hecho. De cerca, era mucho más bonita. Ella lo observaba con ojos llenos de interés y los labios entreabiertos. Emanaba un suave perfume, tan embriagador como ella.

Athan entró en el ascensor y apretó el botón de bajada. Un instante después, las puertas se cerraron, separándolos.

Mientras bajaba, él no pudo evitar lamentar ir en la dirección opuesta a ella.

¿O era otra cosa lo que lamentaba?, se preguntó, sin querer darle mucha importancia. Tal vez, lo que le molestaba era que esa preciosa mujer tuviera que estar relacionada con Ian Randall.

No era un pensamiento bienvenido, así que Athan lo dejó de lado y se subió al lujoso coche que lo esperaba. Era irrelevante darle más importancia a esa tal Marisa Milburne, por muy guapa que fuera. No era más que una amenaza para la felicidad de su hermana, eso era todo.

Apretando los labios, abrió su portátil y empezó a trabajar. Era un hombre muy ocupado. La multinacional que había heredado de su padre no le dejaba mucho tiempo libre.

Sin embargo, sabía que iba a tener que buscar un hueco para cumplir la misión de salvar el matrimonio de Eva, al menos por el momento.

Durante un instante fugaz, la duda lo asaltó de nuevo. Una cosa era planear la fría estrategia teniendo solo una foto de la chica y otra diferente era ejecutarla...

Con impaciencia, descartó sus dudas. Tenía que seguir adelante y lo haría. Marisa Milburne no sufriría daño alguno. Le ofrecería un paréntesis lleno de lujo y, cuando terminara, él no tendría nada que reprocharse a sí mismo.

Además, tontear con hombres casados era algo peligroso. A menos, Marisa Milburne podía aprender esa lección. No debería haber llegado jamás tan lejos con Ian, incluso aunque no hubiera habido sexo entre ellos todavía.

En realidad, iba a hacerle un favor al apartarla de Ian y, mientras, le ofrecería una experiencia placentera, se dijo Athan, para calmar su conciencia.

Y, después de haberla visto en carne y hueso, estaba seguro de que él también iba a disfrutar.

Durante unos segundos, se quedó absorto, recordando el aspecto que ella había tenido al salir del ascensor, saboreando su imagen.

Marisa entró en su piso, un poco anonadada. No podía sacarse de la cabeza la imagen de aquel hombre caminando hacia ella o, más bien, hacia el ascensor.

Alto, moreno e imponente...

Aunque no se parecía en nada a Ian, que tenía el pelo claro, como ella, y ojos azules, como ella, con una sonrisa que la había atraído desde el primer momento.

El hombre que había visto en el pasillo, caminando con paso confiado, había sido completo distinto. Una cabeza más alto que Ian y más fuerte. De piernas largas y la piel más morena, igual que su pelo. Era europeo, estaba claro, con una fuerte impronta mediterránea.

Y sus ojos...

Negros como la obsidiana, la habían mirado con una intensidad desarmadora.

Luego, cuando había hablado, su acento había penetrado hasta el fondo de Marisa. Nada más le había pedido que le abriera las puertas del ascensor y le había dado las gracias. Al instante, había desaparecido de su vista.

El encuentro solo había durado unos segundos, pero Marisa no podía dejar de revivirlo en su cabeza.

¿Quién era ese hombre?

Solo había tres casas en esa planta del edificio. Una

pertenecía a una pareja de edad madura que vivía en Hampshire y acudía a Londres a menudo para ir al teatro. En la otra creía que vivía un caballero oriental al que había visto hacía una semana y con el que había intercambiado saludos corteses en el pasillo. Pero el hombre que se acababa de encontrar había salido de ese piso.

¿Habría estado de visita? ¿Sería el nuevo inquilino? Marisa no tenía ni idea.

De todas maneras, no había razón para darle tantas vueltas, se reprendió a sí misma, obligándose a salir de su ensimismamiento. La gente de por allí solía ser muy celosa de su vida privada y no se dedicaba a los cotilleos. Además, aunque fuera un nuevo inquilino, era muy probable que no volvieran a encontrarse.

Era una pena, pensó, sin poder evitarlo.

Pero no tenía sentido darle tantas vueltas. Al fin y al cabo, era un extraño que no había visto más de noventa segundos, se dijo, cambiándose las botas por unas zapatillas de andar por casa. Además, no podía olvidar que estaba allí por Ian y él debía ser su único centro de atención. Apenas podían pasar tiempo juntos y cada minuto era precioso.

Marisa comprobó si tenía mensajes en el contestador. Entusiasmada, vio que había uno y apretó el botón para escucharlo con avidez.

—«Marisa, lo siento mucho. No puedo verte esta noche. Estoy muy agobiado con el trabajo. Tengo que terminar unos papeles para un trato que va a firmarse mañana por la mañana, lo que significa que tendré que pasarme toda la noche trabajando. Si todo sale bien, tal vez pueda quedar para comer... Te mandaré un mensaje al final de la mañana».

Desconsolada, se quedó mirando al contestador. Llevaba tres días sin ver a Ian y había esperado con ansiedad verlo esa noche. Había llenado su tiempo visitando Londres esos tres días, pero empezaba a cansarse de vagar por la ciudad sin nada que hacer.

Lo que, cuando se había mudado allí hacía un mes, le había parecido una idea maravillosa, empezaba a no gustarle tanto. Era injusto pensar así, se dijo, pues antes de conocer a Ian había tenido que estar trabajando todo el día para poder vivir y ni siquiera había tenido tiempo para hacer turismo. Sin embargo, desde que Ian había entrado en su vida, tenía tiempo y dinero para disfrutar de todo lo que Londres le ofrecía. Para ser una chica que se había criado en los bosques de Devon, eso era casi un milagro.

Al principio, había aprovechado al máximo la oportunidad. Armada con un monedero lleno, gracias a la generosidad de Ian, había recorrido las principales tiendas de moda de la ciudad y había reunido un guardarropa con el que antes ni siquiera habría soñado.

Y no solo había disfrutado de ir de compras. Había ido a las principales atracciones, a los puntos de interés cultural e histórico, desde la noria de London Eye a una visita guiada al palacio de Buckingham... Por las noches, se había zambullido en la fascinante oferta teatral de la capital de Inglaterra, yendo a ver obras y musicales, sentándose en las butacas más caras y mejor situadas y volviendo a casa en cómodos taxis.

¡Había sido maravilloso!

Pero siempre había estado sola...

Ian nunca la había acompañado. Nunca.

Marisa sabía que él se sentía tan mal como ella por eso.

–Ojalá pudiera salir contigo a pasear. Pero no puedo, te aseguro que no puedo –le había repetido Ian en varias ocasiones.

Era imposible que los vieran juntos. Ella sabía que ya era bastante arriesgado verse como lo hacían y que no podía pedir más.

Una y otra vez, se decía a sí misma que debía conformarse con lo que Ian le daba y estarle agradecida, sin exigirle más tiempo.

No tenía derecho a deprimirse porque él hubiera cancelado su cita, se reprendió a sí misma, dirigiéndose a la cocina. Ni tenerse lástima por estar sola. Sería una debilidad inexcusable.

No tenía más que ver dónde se encontraba y en qué se había convertido su vida. En un momento, había pasado de la pobreza al lujo. ¡Y todo gracias a Ian!

Mientras se preparaba un té y metía un bollo en el microondas para que se calentara, volvió a pensar en la suerte que tenía por poder contar con una cocina equipada a la última, en vez de la vieja cocina desvencijada de su casita de Devon. De todos modos, no podía evitar sentirse desanimada.

Decidida a quitarse esa sensación de encima, se fue al salón y se obligó a contemplar el juego de sofás en tonos perla, la alfombra de lana, las cortinas de seda y las vistas que ofrecían sus ventanas. Abajo, la calle estaba tranquila, bordeada por árboles que florecerían en primavera. Los coches que había aparcados eran muy caros, pues esa era una zona lujosa de Londres.

Además, se alegraba de que Ian hubiera elegido un barrio tan tranquilo. Lo cierto era que, proviniendo del campo, ella no estaba acostumbrada al ajetreo del centro.

El invierno se estaba dejando notar con fuerza y apenas había gente paseando.

Marisa no conocía a nadie en Londres. Solo a Ian. Hasta que había llegado a la ciudad, no se había dado cuenta de lo solitaria que podía sentirse, sin conocer a nadie entre la multitud.

Sí, lo cierto era que se sentía muy sola, a pesar del lujo que la rodeaba.

Furiosa consigo misma por sentirse así, se dio media vuelta y encendió la lámpara de pie. Se tomaría un té caliente viendo la televisión y, luego, decidiría qué cenar. No tenía nada por lo que quejarse, nada por lo que sentir lástima de sí misma, se repitió.

Marisa estaba acostumbrada a estar sola. Había vivido con su madre en una casa aislada en el campo. Y, cuando había muerto su madre, se había pasado un año de luto, casi sin ver a nadie.

Había sufrido mucho por la pérdida, era cierto, pero por otra parte le había dado la oportunidad de viajar.

Un día, con decisión, había ido a visitar la tumba de su madre.

—Me voy a Londres, mamá, pero te prometo que no terminaré como tú, con el corazón roto. Te lo prometo.

Luego, había hecho la maleta, había comprado el billete de tren y se había ido. No había tenido ni idea de lo que la esperaba.

No había imaginado que Ian fuera a entrar en su vida.

El microondas sonó, avisándole de que ya estaba caliente el bollo que había metido. Intentando dejar a un lado sus pensamientos, se preparó una taza de té. No quería sentir lástima por sí misma.

Subió el termostato de la calefacción un poco y se acurrucó el sofá, disfrutando de su delicioso bollito y viendo la televisión. Era un programa de viajes y estaban descubriendo una cálida playa de aguas azules, salpicada de palmeras.

Se imaginó poder estar en un lugar así.

Si Ian pudiera...

No. No podía esperar que Ian la llevara de vacaciones. Podía alquilarle un piso, regalarle un collar precioso de diamantes, darle dinero para que se vistiera a la última, pero no podía darle su tiempo.

Marisa tomó la taza de té y trató de prestar atención al presentador del programa. Hablaba con un exótico acento que ella no lograba identificar, ni inglés, ni francés. Se parecía al del hombre que le había pedido que le mantuviera abiertas las puertas del ascensor, pensó, frunciendo el ceño. Su aspecto también era un poco similar, por el color de piel y de pelo. Pulsó el botón de información sobre el programa y comprobó que el presentador tenía un nombre griego.

¿Sería también griego el hombre que se había encontrado en el pasillo? Podría ser, caviló, preguntándose quién sería. Era tan guapo...

Un poco irritada consigo misma, intentó no darle más vueltas. ¿Qué más le daba quién fuera? No era más que un extraño al que era probable que no volviera a ver.

Cambió el canal de la televisión y se terminó el bollo salado. La noche se presentaba muy larga.

Dos horas después, seguía sintiéndose aburrida e inquieta. El silencio de su piso la envolvía, como si fuera la única persona en kilómetros a la redonda. No sabía qué hacer, si ver una película o irse a la cama. Eran solo las nueve.

Pero ninguna película le interesaba, así que apagó la televisión. Podía acostarse y leer algo útil, como un libro de historia de Londres que se había comprado esa semana. Lo cierto era que, desde que había dejado los estudios, apenas había leído y era una pena.

Además, no quería que alguien como Ian pensara que era una ignorante pueblerina.

Sumida en sus pensamientos, se levantó. Entonces, un sonido que no había escuchado nunca la dejó petrificada. Alguien llamaba al timbre en su puerta.

¿Quién podía ser? Con aprensión, se dirigió a la entrada. La puerta tenía una cadena de seguridad y una mirilla. Miró, pero no vio más que la imagen distorsionada de un traje oscuro. Nada más. Bueno, al menos, no parecía el típico ladrón.

Con cautela, abrió la puerta con la cadena.

Al otro lado, habló una voz profunda con acento extranjero. Una voz que conocía.

—Siento mucho molestarte...

A Marisa se le aceleró el corazón al instante.

—Un momento —dijo ella, quitó la cadena y abrió la puerta un poco más.

Era el hombre que había visto horas antes en el pasillo.

—Lo siento, pero quería pedirte un favor.

Su sonrisa hizo que Marisa se quedara embobada mirándolo. Se esforzó en mantener la compostura.

—Claro —respondió ella con educación.

La sonrisa de él se hizo más grande, haciendo que la velocidad del corazón de ella se acelerara un poco más.

—Me acabo de mudar al piso de al lado y me he dado cuenta, un poco tarde, de que no he pedido que me traigan provisiones. Sé que puede sonar estúpido, pero si puedes dejarme algo de leche y un par de cucharaditas de café instantáneo, te lo agradecería mucho.

Sus enormes ojos oscuros descansaron sobre Marisa. Aquel hombre emanaba seguridad y poder. Fuera quien fuera, no era alguien del montón, pensó ella.

Lo más probable era que estuviera acostumbrado a ser obedecido. Sobre todo, por las mujeres...

Marisa tragó saliva, apretando el picaporte con fuerza.

—Sí... sí, claro. No hay problema —repuso ella con voz ronca.

—Eres muy amable —agradeció él con una desarmadora sonrisa.

Marisa abrió la puerta, confundida por cómo su cuerpo estaba reaccionando ante aquel hombre y su cálido acento.

—Voy... voy a por ello.

Entonces, se fue a la cocina, nerviosa, chocándose con el sofá del salón de camino. Sacó un litro de leche de la nevera. Esperaba que le gustara la leche semidesnatada. También esperaba que le gustara su marca de café instantáneo. Aunque no parecía la clase de hombre que tomara café de sobre. Posó los ojos en la complicada cafetera que tenía sin estrenar junto al microondas. Había comprado café en grano con la intención de probarla, pero después de echarle un vistazo al libro de instrucciones, había perdido toda esperanza de hacerlo.

Debía dejar de irse por las ramas, se reprendió a sí misma. Tenía que darle la leche y el café y punto.

Salió a toda prisa de la cocina, con cuidado de no chocarse con ninguno de los muebles. Su vecino había entrado en casa y esperaba en la antesala, pues ella había dejado la puerta abierta.

–Aquí tienes –dijo Marisa sin aliento, tendiéndole lo que le había pedido.

–Eres muy amable.

Su sonrisa seguía provocando una poderosa reacción en ella. Su altura hacía que la entrada pareciera más pequeña. Y ese traje oscuro y su abrigo negro de cachemira le daban un aire de autoridad y carisma impresionante. Su presencia era abrumadora.

De pronto, ella habló, sin pensar.

–Tengo café en grano, si lo prefieres. El paquete está sin abrir. No sé cómo funciona mi cafetera.

Diablos, estaba hablando como una tonta, se dijo ella. ¿Qué más le daba a ese hombre si sabía o no usar su cafetera? Sin embargo, al parecer, sí le importaba, pues arqueó una ceja con interés.

–¿Quieres que te enseñe? Esos trastos son, a veces, muy complicados.

De inmediato, Marisa se puso tensa.

–Oh, no, gracias. No hace falta. No quiero molestarte.

Él se sumergió en sus ojos.

–No es ninguna molestia, te lo prometo.

La voz de su vecino había cambiado, observó Marisa. Ella no sabía cómo, pero así era. Entonces, de pronto, comprendió el porqué.

Lo supo al ver el brillo de sus ojos... profundos y oscuros.

Marisa respiró hondo para tranquilizarse. Necesitaba recordar que estaba ante un completo desconocido, por muy atractivo que le resultara. Un hombre que estaba dentro de su casa y le estaba demostrando con la mirada que le gustaba lo que veía.

Ella se debatió entre dos extremos. Por una parte,

se sentía cautivada y a sus pies, como una tonta. Por otra, una señal interior de alarma trataba de sacarla de su ensimismamiento. Era hora de reaccionar.

Así que meneó la cabeza con gesto decidido.

–Gracias, pero no –repuso ella y le tendió la leche y el tarro de café. Mantuvo una sonrisa educada, pero nada más.

Durante un segundo, él no apartó la mirada. Luego, alargó la mano para tomar los artículos que le había pedido, sujetándolos en una sola mano. En la otra, llevaba el maletín de un portátil.

–Gracias de nuevo.

Tanto su voz como su expresión habían perdido el brillo de hacía unos minutos. El extraño se dirigió a la puerta, salió y, justo cuando ella iba a cerrar, se volvió de nuevo.

–Buenas noches.

–Buenas noches –repuso ella y cerró la puerta.

Fuera, Athan se quedó parado un momento, pensativo. Qué interesante, pensó. No tenía duda de que a ella le había gustado. Tras años de experiencia, sabía bien cuándo le resultaba atractivo a una mujer. Pero había puesto límites cuando él había intentado dar un paso más, al ofrecerle a enseñarle a usar la cafetera.

¿Qué habría pasado si no hubiera sido así? Si ella le hubiera dejado entrar en su casa, preparar café y compartir una taza... Entonces, Athan habría pasado al tercer asalto, sugerir que pidieran comida a domicilio y cenaran juntos.

Si Marisa Milburne hubiera aceptado, ¿qué habría hecho él?

Si ella lo hubiera consentido, ¿se habría quedado a pasar la noche allí?

Durante un instante, una imagen lo capturó.

Fantaseó con su largo pelo dorado suelto sobre la almohada. Su cuerpo esbelto y desnudo. Su hermoso rostro encendido de placer... un placer que él podía darle.

De forma abrupta, Athan comenzó a caminar a su piso. Hizo malabarismos con la leche y el café para que se le cayeran mientras sacaba su llave. Al entrar, sintió hambre. Haría café y consultaría internet para pedir comida a domicilio, se dijo. Debía de haber alguna empresa de catering por allí.

Era una molestia que el edificio no tuviera un conserje que pudiera ocuparse de esos detalles. Pero, por otra parte, un conserje era lo último que necesitaba. No le interesaba que nadie supiera nada de sus andanzas. Y era fundamental que su hermosa vecina rubia no obtuviera ninguna clase de información sobre él.

Por nada del mundo, quería que ella adivinara sus intenciones de apartarla de Ian Randall.

Marisa no podía dormir. No dejaba de dar vueltas en la cama. Deseó que fuera por no haber podido quedar con Ian, pero sabía que no era esa la razón.

La causa estaba en ese hombre alto, moreno y atractivo que había llamado a su puerta.

«¡Con la excusa más tonta para entrar en mi casa!», se dijo, tratando de no olvidarlo.

Por lo menos, el desconocido podía haber pensado en algo más original que pedirle un litro de leche y café. El problema era que, por mucho que se diera cuenta de que había sido una estrategia para acercarse a ella, había otra idea que la inquietaba.

Cualquier hombre tan guapo como él no necesitaba ni chasquear los dedos para que todas las mujeres en kilómetros a la redonda acudieran a su lado.

Por eso, no le encajaba lo de la excusa de la leche y el café. Por otra parte, él la había visto salir del ascensor y no la había visto entrar en su piso. Podía haber vivido en la casa de al lado, el tercer piso que había en esa planta. Él no tenía forma de saberlo, en teoría, ya que acababa de mudarse. Eso significaba que, al llamar a su puerta, lo había hecho al azar, sin saber que era ella quien iba a abrir.

En cualquier caso, ¿qué importaba?

Pero él le había ofrecido enseñarle cómo funcionaba la cafetera.

No, eso no probaba nada. Solo que era un hombre y, para los hombres, era inexplicable que las mujeres tuvieran problemas para usar las máquinas. Lo más probable era que se hubiera ofrecido por educación o, tal vez...

Cielos, quizá, él había pensado que, con su comentario sobre la cafetera, había tenido la intención de que se viera obligado a ayudarla, que había sido una excusa para hacerlo entrar...

Al pensarlo, Marisa se retorció de vergüenza. Aun así, al menos, ella había rechazado su ayuda, lo que era algo de agradecer. De esa manera, él no podía pensar que había pretendido embaucarlo, ¿verdad?

Se había comportado como una idiota, sin embargo, pues no había podido de dejar de mirarlo embobada.

Claro, aunque no había duda de que ese hombre debía de estar acostumbrado a provocar dicha reacción en las mujeres, caviló.

No era solo su aspecto físico lo que resultaba irre-sistible. Ni su acento aterciopelado. Si tenía que ser honesta, era todo el conjunto lo que le había causado tan poderoso impacto. Su aspecto, el abrigo de cache-mira, el traje impecable, su aura de hombre rico.

Pero más que eso, tenía una especie de carisma. Poseía el aire de las personas acostumbradas a dar las órdenes, a manejar el poder, a hacer que sucediera lo que él deseaba.

Era curioso, reflexionó. Ian era rico y tenía aspecto de serlo. Sin embargo, no tenía esa aura de poder. Ni emanaba esa energía de ser alguien con quien fuera mejor no meterse.

Un pequeño escalofrío la recorrió. Se sentía molesta, inquieta. Por un instante, se quedó mirando la oscuridad de su dormitorio. No debía pensar en el incidente de esa noche. Debía sacárselo de la cabeza.

Debería dormir.

Sin embargo, sus sueños estuvieron llenos de la misma inquietud.

Y una extraña y molesta excitación...

Athan se fue temprano a la oficina. Siempre lo ha-cía, pues las dos primeras horas de la mañana eran las más productivas para él, antes de que empezara el aje-treo de reuniones diarias. Sin embargo, ese día, notó que su nivel habitual de productividad había mer-mado. Molesto, tuvo que reconocer que era porque no podía dejar de revivir la escena de la noche anterior. Su memoria insistía en jugar con los detalles, acari-ciando imágenes de aquella mujer con su largo pelo sobre los hombros, la forma en que lo había mirado, con ojos muy abiertos, y cómo había sonado su voz, casi sin aliento. Recordó una y otra vez cómo se había alejado hacia la cocina, caminando con aquellas largas piernas, mientras el cabello dorado le caía en ondas sobre la espalda.

Era una mujer muy hermosa.

Sí, bueno, eso ya lo sabía desde que había visto su foto. Su belleza lo ayudaría a desempeñar su plan, nada más. No podía quedarse dándole vueltas ni distraerse por eso. Tenía montañas de trabajo que hacer y necesitaba concentrarse en sus cosas.

También, tenía que buscar una excusa para hacer que Ian Randall saliera del país. Tal vez, sus nuevos socios americanos fueran un buen pretexto. Podía decirle a Ian que tenía que reunirse con ellos. Incluso podía mencionarle el viaje a Eva. Le sugeriría que era una buena oportunidad de estar con su marido y tomarse unas vacaciones después. Podían volar a Hawái, por ejemplo. A Eva le encantaría, estaba seguro.

Y sería perfecto para mantener a Ian alejado de Londres durante dos o tres semanas.

No necesitaba más tiempo para seducir a Marisa Milburne, se dijo.

Athan no tenía ninguna duda respecto a conseguir su objetivo. Por experiencia, estaba acostumbrado a que las mujeres no lo rechazaran y no tenía razones para suponer que con ella fuera distinto.

Sobre todo, después de su encuentro de la noche anterior. Cualquier posibilidad de que Marisa Milburne hubiera estado enamorada de Ian había desaparecido. Ninguna mujer enamorada de otro hombre hubiera reaccionado así, ni lo hubiera mirado de esa manera.

Sin embargo, tampoco ella le había dado carta blanca. Eso también estaba claro.

Frunciendo el ceño, Athan se preguntó cómo reaccionaría ella a su próximo movimiento. Metiéndose en internet, hizo una rápida búsqueda y compró lo que pretendía, seleccionando la opción de *envío antes del mediodía*. A continuación, cerró la página e intentó centrarse en el trabajo. Tenía mucho que hacer si quería estar libre para la noche.

Marisa estaba lavando a mano uno de sus preciosos jerseys nuevos cuando sonó el interfono. Extrañada, respondió.

–Una entrega para la señorita Milburne –dijo una voz.

Confundida, bajó al vestíbulo de su edificio y vio a un hombre allí parado, con un ramo de lirios blancos.

Marisa sonrió, creyendo que había sido Ian. ¡Qué atento!, pensó. Seguramente, se las enviaba por no haber podido quedar con ella la noche anterior.

Sin embargo, cuando se llevó el hermoso ramo a la cocina y lo puso en un jarrón, abrió el sobre adjunto y se topó con un mensaje inesperado.

Gracias por la leche y el café. Fuiste muy amable.
Tu vecino agradecido.

Durante un momento, se quedó pasmada. Como muestra de gratitud, aquel ramo de lirios era un poco exagerado. Debía de haberle costado, al menos, treinta libras, si no más. Por otra parte... desde que conocía a

Ian, se había dado cuenta de que los ricos pensaban de una manera diferente. Cualquiera que pudiera permitirse pagar el alquiler en ese edificio podía pagar las treinta libras de esas flores sin pestañear.

De todos modos, mientras arreglaba las hermosas flores, envuelta por su embriagadora fragancia, no pudo dejar de desear que hubieran sido de Ian.

Y no de un extraño que no significaba nada para ella.

Por mucho que la hubiera impresionado.

Marisa había hecho todo lo posible por sacarse de la cabeza el incidente de la noche anterior. Era una estupidez darle vueltas.

Por otra parte, no tenía derecho a sentirse tan decaída por no haber visto a Ian. Ella comprendía que le resultaba difícil verla... sabía por qué y lo aceptaba. Aunque deseaba que fuera de otro modo. Además, sería una desagradecida si se sintiera mal porque no estaba con él, teniendo en cuenta el lujo y las comodidades que Ian le proporcionaba.

Al lavar los platos, su humor mejoró un poco y tomó la decisión de irse a dar un paseo por Holland Park. El tiempo no era muy bueno, un poco lluvioso más bien, pero eso no importaba. Le sentaría bien salir, tomar un poco de aire fresco y hacer algo de ejercicio.

Debería encontrar un gimnasio o dar clases de baile en alguna parte, pensó.

Eso sería una buena idea. Podía preguntar en el supermercado si conocían algún sitio. Además de hacer ejercicio, así podría conocer gente, a otras mujeres con las que charlar y tomar café. Igual, incluso, podía hacer amigas.

Aunque no se le daba muy bien hacer amigas. Siempre se había sentido diferente, fuera de lugar. Su madre y ella siempre habían sido forasteras en el pequeño pueblo a las afueras de Dartmoor donde habían vivido. Y el temperamento introvertido de su madre, unido a su situación de madre soltera, había incrementado su aislamiento social.

Incluso en la escuela, se había sentido alejada de sus compañeros y le había costado hacer amistades. Por eso era una maravilla haber encontrado a Ian, pensó con entusiasmo. Se llevaban muy bien. Ian tenía encanto, sentido del humor, vivacidad... cualidades que la ayudaban a salir de sí misma, a abrirse y sentirse segura y relajada por primera vez en la vida.

Todo eso hacía que fuera aún más frustrante tener que mantener su relación en secreto.

Si, al menos, Ian pudiera darla a conocer sin tapujos, sin tener que esconderla...

Bueno, eso era imposible. No tenía sentido regodearse en ello. Ni ponerse triste.

Marisa tomó su chaqueta y las llaves y salió a dar una vuelta. Comería algo en una cafetería y, luego, haría unas compras. Así mataría el tiempo.

Un sentimiento de culpabilidad la atravesó al pensar en matar el tiempo. ¿Qué estaba haciendo con su vida?

Caminando por el parque hacia el precioso invernadero de naranjos, empezó a reflexionar sobre el tema. Era maravilloso vivir en una casa bonita, sin preocupaciones económicas y tanto lujo a su alrededor. Pero no podía estar siempre de esa manera.

Debería encontrar un trabajo, lo sabía. ¿Pero de qué? Ian había insistido en que dejara los trabajos mal pagados de limpiadora que había tenido cuando lo había conocido. Entonces, se le ocurrió algo y se detuvo, posando la mirada en un arbusto sin hojas de cuyas ramas caían gotas de agua. ¿Por qué no dedicarse a alguna clase de trabajo benéfico? Ya que Ian insistía en pagar sus facturas, podía aprovechar que no necesitaba un salario y dedicar su tiempo a ayudar a los demás. Podía empezar ofreciéndose como voluntaria en una de las muchas tiendas con fines benéficos de la ciudad. Quizá, así podría conocer otros proyectos caritativos que necesitaran ayuda.

Llena de resolución, se sintió más animada. Comenzó a pensar dónde podía haber alguna tienda a beneficio de los más necesitados. Tal vez, en algún punto de Notting Hill o en la calle Kensington High. Sin duda, podría encontrarlas también en Shepherds Bush Green.

Empezaría a buscar después de comer, se dijo. Utilizaría su nuevo portátil para buscar en internet y, luego, llamaría para preguntar.

Con un renovador sentimiento de entusiasmo, regresó a su casa. Al entrar, la recibió un exótico aroma que llenaba la estancia. Eran los lirios que, cuando los olió, le hicieron recordar al detalle al hombre que se los había enviado.

Un hombre, verdaderamente, muy apuesto...

Cuando sonó el timbre en su puerta justo después de las seis, Marisa se sobresaltó. Había estado buscando información en internet sobre organizaciones benéficas y se había sumergido leyendo sobre el trabajo que hacían. El tiempo había pasado volando. Al leer lo mal que podían pasarlo algunas personas a causa de su pobreza, había recordado con fuerza sus orígenes. Sí, era cierto que su vida había tenido penalidades y que echaba de menos a su madre, pero no podía compararse con el sufrimiento que padecían tantas personas en el mundo. Sin duda, aquel recordatorio le había servido para dejar de sentir lástima de sí misma por no poder ver a Ian tanto como le gustaría.

El timbre sonó de nuevo. Con una mezcla de aprensión, irritación por ser interrumpida y un poco de curiosidad, se fue a abrir.

—¿Han llegado las flores?

Aquel acento profundo y penetrante le provocó la misma reacción que la noche anterior. Igual que su dueño, alto y moreno, y aquellos ojos que la miraban con intensidad.

Marisa tomó aliento. Se había quedado sin aire.

—Sí, gracias. Aunque no eran necesarias —repuso ella con brusquedad. No era su intención sonar descortés, pero tampoco iba a besarle los pies por las flores, que consideraba un gesto exagerado de agradecimiento.

—De eso nada —contestó él, al parecer, indiferente a su rudeza.

Su voz comenzó a derretir algo dentro de ella, igual que la forma en que la miraba.

—La amabilidad de los extraños debe ser siempre justamente apreciada —afirmó él con ojos brillantes—. No tienes ni idea de lo mucho que me apetecía un café ayer. Cuando alquilé el piso, me dijeron que estaba amueblado y no se me ocurrió pensar que no tendría nada de provisiones, a menos que las hubiera pedido de antemano —explicó e hizo una pausa—. Dime, ¿has conseguido poner a funcionar esa cafetera?

Marisa tragó saliva. Sabía muy bien lo que debía hacer. «No, pero no importa, muchas gracias. Y gracias por las flores, pero no eran necesarias», debería decirle. A continuación, con educación y firmeza, debería desearle buenas noches y cerrar la puerta.

Eso era lo que tenía que hacer. Cualquier otra cosa sería una insensatez. No quería buscarse problemas ni complicaciones. Su vida estaba muy bien así.

No necesitaba a un desconocido alto y moreno y menos a ese.

Un pequeño escalofrío recorrió a Marisa. Además, no sabía nada de él. Solo porque llevara un abrigo de cachemira, un traje impecable y zapatos italianos, no significaba que no fuera un asesino en serie.

Aunque, al pensar en la posibilidad, se dijo que era imposible. Estaba segura de que los asesinos en serie no tenían aspecto de pasarse todo el día dando órdenes a su alrededor y cerrando tratos de decenas de miles de dólares.

Tal vez, él percibió la inquietud en sus ojos y su comprensible reticencia a ponerse a charlar con un desconocido en la puerta de su casa. Debía de ser, porque antes de que ella pudiera responder, él volvió a hablar.

—Lo siento. Estoy siendo un entrometido. Sé que no nos conocemos de nada.

Si no se hubiera disculpado, Marisa podía haberle respondido lo que había estado pensando. Pero hubo algo en su actitud de retirada y sus palabras llenas de educación que la detuvo. ¿O fue más bien por lo que notaba en el estómago al ser observada por aquellos ojos negros? Se sentía como si él pudiera ver en su interior e hipnotizarla, obligándola a mirarlo.

–Nada de eso –contestó ella con tono cortés–. Has sido muy amable al ofrecerte a ayudarme con la cafetera. Pero el café instantáneo me gusta también y, en cualquier caso, suelo tomar té.

Cielos, ¿por qué había dicho eso? ¿Por qué había abierto la boca? Debería haber sonreído sin más y haber cerrado la puerta. ¿Por qué...?

–Claro. Lo adecuado para una rosa inglesa.

En ese momento, su acento se tornó más profundo y seductor.

–Sin embargo, nosotros los griegos bebemos café a todas horas. Es un legado de nuestros invasores turcos.

–¡Así que eres griego!

Las palabras salieron de boca de Marisa antes de que pudiera pensarlo dos veces.

–¿Es eso bueno o malo? –preguntó él con ese brillo en los ojos y tono de buen humor.

–No lo sé. No conozco a ningún griego –admitió ella–. Y nunca he estado en Grecia.

–Bueno, espero no hacer quedar mal a mi país ni a mis compatriotas –respondió él con una sonrisa.

Marisa tragó saliva. No, quienquiera que fuera ese hombre, no estaba haciendo quedar mal ni a su país ni a sus compatriotas, pensó.

–Ya te he pedido un favor –comenzó a decir él, recorriéndola con la mirada con el mismo efecto devastador–. Voy a tentar a la suerte pidiéndote otro –indicó e hizo una pausa, observándola con gesto especulativo–. ¿Te interesa en algo en teatro? Tengo dos entradas para el preestreno de una obra de Chejov que se inaugura la semana que viene. ¿Puedo persuadirte de que me acompañes?

Athan sabía que estaba apostando a ciegas. Quizá,

ella no tuviera ni el más mínimo interés en Chejov. Pero, según sus informes, solía ir mucho al teatro a ver obras de calidad. Y las entradas para ir a ver esa en concreto eran muy caras y difíciles de conseguir, por lo que podía ser una buena tentación para ella.

Marisa se quedó sin saber qué decir. Tenía el pulso acelerado y los pensamientos se arremolinaban en su interior.

Sin duda, él estaba intentando proponerle algo que no pudiera rechazar para ligar con ella. Quería salir con ella, estaba claro. Lo del teatro no era más que una excusa, igual que lo había sido lo de la cafetera, se dijo Marisa.

Una extraña emoción la recorrió, una mezcla de entusiasmo y miedo. Debido al aislamiento de su hogar materno y a su crianza solitaria con su madre, tenía poca experiencia con los hombres. Sabía que su aspecto solía resultarles atractivo, pero su madre había considerado su belleza más como un peligro que como una bendición, igual que había experimentado ella con su propio atractivo en su juventud. Gracias a la abierta admiración de Ian, sin embargo, había podido tener un poco de confianza en sí misma. Él había insistido en que se comprara ropas caras y se hiciera exclusivos tratamientos de belleza. También, la había convencido de que no tenía nada de malo que los hombres la encontraran guapa.

Incluido ese hombre tan apuesto que acababa de invitarla a salir, pensó Marisa.

Por supuesto, solo podía darle una respuesta. No podía salir con un desconocido solo porque viviera, de forma temporal, en el piso de al lado. Ni siquiera sabía cómo se llamaba. Solo sabía que era rico y griego.

E irresistible...

Y esa combinación, al parecer, le había hecho asumir que podía conseguir lo que quisiera, reflexionó ella. Sabía muy bien lo que tenía que responderle. Tenía que sonreír con discreción, dar un paso atrás para apoyar su contestación con el lenguaje corporal, y decir «no, gracias». Entonces, cerraría la puerta y no volvería a relacionarse con él. Eso iba a hacer.

Marisa abrió la boca para decir justo eso, pero se quedó estupefacta cuando sus palabras fueron, por completo, otras.

—¿Se trata de la obra *Tres hermanas*? He leído sobre ella en el periódico.

—Eso es. ¿Te interesa?

Marisa tragó saliva. Claro que le interesaba. A cualquier amante del teatro le encantaría ir a verla. Tenía un reparto estelar, incluida una actriz de Hollywood que quería abrirse camino en el teatro clásico.

¿Pero era eso razón para aceptar la invitación de ese extraño?

Su titubeo debió de ser obvio, pues antes de que pudiera volver a hablar, el hombre tomó la palabra.

—Quizá, puede que sea apropiado asegurarte, como puedes estar dudando en este momento, que no soy un asesino, ni un ladrón, ni un espía buscado por la Interpol. Solo soy un hombre de negocios, tan respetable como aburrido.

Había una combinación de humor y franqueza en su voz. Mientras hablaba, se metió una mano en el bolsillo de la chaqueta, sacó un tarjetero de plata, lo abrió y le tendió una tarjeta con una de sus sonrisas desarmadoras.

Marisa la tomó y se quedó mirándola. Solo decía

Corporación Teodarkis, tenía una dirección en May-
fair y un nombre en una esquina: *Athan Teodarkis.*

Athan observó cómo ella escrutaba la tarjeta. Había
hecho un movimiento arriesgado, con la esperanza de
que Ian no le hubiera mencionado el nombre de la familia de su esposa o de la compañía donde trabajaba.
Por la expresión de ella, nada indicaba que hubiera reconocido el apellido, concluyó con un profundo alivio.

–¿Te convence eso de que soy por completo inofensivo? –preguntó él tras un momento.

Su voz tenía un toque de humor, advirtió Marisa y
levantó la vista hacia él.

¿Inofensivo? Con ese aspecto tan imponente, esa
palabra parecía una broma para describirlo. Ese hombre podía ser cualquier cosa menos inofensivo.

–Bueno, ¿vienes? Odio ir al teatro solo –insistió él.

–Seguro que puedes invitar a otra persona –sugirió
ella, sin poder ocultar un ápice de acidez. Un hombre
como él debía de tener una larga lista de mujeres deseando dejarlo todo para ser sus acompañantes.

–Nadie a quien le guste Chejov –respondió él al
instante–. No es un autor que le guste a cualquiera.

Claro, se dijo Marisa, pensado en la clase de mujer
exuberante para la que la idea de tener una cita excitante con un hombre como él no pasaría por tragarse
una obra del siglo XIX de un dramaturgo ruso sobre
unos provincianos depresivos que no sabían qué hacer
con su vida.

–¿Y crees que a mí, sí? –inquirió ella. De pronto,
comprendió que él no la consideraba el tipo de mujer
con la que solía salir–. ¿Por eso me has invitado?

Él la penetró con la mirada.

–En parte, sí.

Sus ojos brillantes y admirativos lo dijeron todo respecto a la otra *parte*. Y le transmitieron el mensaje de que, si había creído que no era el tipo de mujer con la que solía salir, estaba equivocada.

Había algo en la voz de él que hizo que Marisa entrara en pánico. Tal vez, la había tomado por otra clase de chica. La había visto viviendo en un piso de lujo, con ropa de diseño y manicura recién hecha, pero bajo las apariencias no era más que una chica de campo. Ni siquiera el tiempo que había pasado con Ian había podido borrar eso.

Él volvió a hablar, sacándola de sus elucubraciones.

–Bueno, ¿te he convencido?

Marisa tragó saliva.

–Esto... yo... yo...

Él sonrió. Fue una sonrisa amplia que hizo que Marisa se quedara con la boca entre abierta, mirándolo embobada.

–Genial. Entonces, ¿puedes estar lista a las siete?

–Esto...

–Buena chica –dijo él, dando por hecho que había aceptado. Cuando iba a marcharse, se detuvo un momento, como si se hubiera acordado de algo–. Me he dado cuenta de que no tengo ni idea de cómo te llamas.

Athan lo comentó como si fuera algo curioso, no como indicativo de que era una extraña para él. Se quedó mirándola a la expectativa.

Marisa tuvo una sensación muy rara, como si todo lo que estaba pasando fuera irreal.

–Me llamo Marisa... Marisa Milburne.

Él volvió a recorrerla con los ojos. Entonces, antes de que ella pudiera darse cuenta, le tomó la mano.

–Encantado de conocerte, señorita Milburne –murmuró él, sosteniéndole la mirada.

Al instante, ella contuvo la respiración. Él inclinó la cabeza y le besó la mano.

Fue un roce fugaz, pero suficiente para que Marisa se quedara sin palabras.

–Para compensarte por no habernos presentado antes –susurró él.

A continuación, con una encantadora sonrisa final, Athan se giró hacia el ascensor. Marisa se quedó contemplándolo, incapaz de moverse, hasta que las puertas se abrieron y se cerraron de nuevo, sacándolo de su vista. Muy despacio, como si estuviera en un sueño, entró en su piso.

Y allí se quedó de pie, mirándose la mano durante unos segundos, sin poder hilar ningún pensamiento racional.

Ajena al peligro...

Capítulo 2

BUENO, ¿qué opinas? ¿Debería limitarse al celuloide? –preguntó él, refiriéndose a la actriz principal.

El telón había caído y Marisa estaba levantándose de su butaca. Athan Teodarkis la siguió. Ella sentía su presencia aunque no lo viera. Sin querer, había estado pendiente de él durante toda la velada, notando el calor de su cuerpo en el taxi y, sobre todo, durante toda la obra de teatro, sus brazos casi rozándose, a pesar de que ella se había esforzado por mantener las manos sobre el regazo y no apoyarlas en el reposabrazos.

Se había dicho cientos de veces que no debía haber aceptado esa invitación. Que había sido un error inaceptable.

No conocía a ese hombre. Por muy elegante que fuera su tarjeta de visita, era un desconocido. Y la había invitado a salir sin ningún decoro. Era solo un tipo que vivía en el piso de al lado. Ni siquiera habían sido formalmente presentados. Entonces, Marisa no pudo evitar recordar ese beso en la mano, la sensación de sus labios acariciándole los nudillos...

¡No era de extrañar que las mujeres de la era victoriana se derritieran cuando los hombres les besaban las manos!

¿Cómo era posible que un gesto tan formal resultara tan... íntimo? Esa era la única palabra para describirlo.

La sensación que le había provocado perduraba como una fiebre suave que latía en su pulso sin cesar. Marisa había intentado ignorarla y comportarse como si ese hombre no estuviera causándole un efecto tan poderoso. Fingió que se sentía a gusto charlando sobre la obra, el teatro, el tráfico de Londres, sin perder en ningún momento la compostura y una cuidada actitud de distanciamiento.

A propósito, se había vestido de forma anodina. De ninguna manera, quería darle la menor razón para pensar que ella había caído en sus redes. Se había puesto un vestido de lana gris claro, elegante, pero sin escote, sin marcar curvas y por debajo de la rodilla. Lo había completado con medias grises, zapatos de tacón bajo y un colgante de hematita como única joya. Se había peinado con un moño sencillo y su maquillaje era de lo más discreto.

Quizá, él se había mostrado un poco sorprendido por su aspecto tan austero. En cualquier caso, su gesto de sorpresa había sido fugaz y se había comportado durante toda la velada igual que ella, con cortesía y educación. Le había dado conversación, pero no había hecho ningún movimiento para acercarse demasiado.

Para Marisa, era un alivio. ¿O no? Se alegraba de que hablara con ella como si fuera la esposa de un amigo o una colega o, incluso, una mujer de mediana edad. Porque no quería que la tratara como una mujer con la que pretendía irse a la cama. ¿O sí?

Claro que no, se dijo Marisa con firmeza. No debía olvidarlo.

—A mí me ha parecido bastante buena —dijo ella,

respondiendo a su pregunta–. Al principio, solo la veía como una estrella de cine, pero poco a poco fui metiéndome en su papel. Me parece que ha actuado mejor de lo que esperaba.

–Es interesante que hiciera el papel de la hermana mayor y menos agraciada, cuando en Hollywood siempre hace papeles llenos de glamour –comentó él.

–Supongo que se lo tomó como un reto –opinó ella–. Tal vez, quería salirse de lo esperado.

–Sí, es probable –repuso él e hizo otro comentario sobre los actores. Cuando salieron a la calle, la guio a la derecha–. Espero que aceptes cenar conmigo. Siempre me apetece comer después de ir al teatro.

Marisa notó que la tomaba del brazo. No fue un gesto posesivo, ni íntimo. Solo le tocó el codo con suavidad para conducirla por donde él quería.

Durante un momento, ella estuvo a punto de negarse. Pero cedió. Tenía hambre y, ya que había ido al teatro con él, ¿qué tenía de malo que fueran también a un restaurante? Además, tenía ganas de hablar de la obra y si se iba a casa sola no tendría a nadie con quien charlar.

Nunca tenía a nadie con quien hablar, excepto a Ian.

Ya estaba autocompadeciéndose otra vez, se reprendió a sí misma. Tenía mucha suerte de haber encontrado a Ian y, si quería hacer más amigos, solo dependía de ella. Se ofrecería como voluntaria en una organización benéfica, tomaría clases de danza o de gimnasia. Y pronto haría amigos, seguro que sí. Tenía una nueva vida por delante, gracias a Ian, y quería aprovecharla al máximo.

Athan Teodarkis la llevó a un restaurante que estaba muy cerca del teatro. No era un sitio demasiado popular y abarrotado, pero tampoco era un lugar romántico ni íntimo. Lo cierto era que no estaba de humor para que su acompañante intentara seducirla en la cena.

Lo único que él tenía en mente, al parecer, era pedir la comida, elegir el vino y hablar de la obra que acababan de ver.

–Tengo que admitir que la historia me ha resultado irritante, por cómo se comportan las hermanas –señaló él, tras darle un trago a su copa de vino–. Todo el rato hablan de que quieren irse a Moscú, pero nunca lo hacen. ¡Me daban ganas de gritarles que se compraran un billete de tren y se fueran ya!

Marisa sonrió con cortesía.

–Pero, si no estás acostumbrada a viajar y siempre has vivido en el mismo sitio, ir a la gran ciudad puede dar mucho miedo.

Athan la observó en silencio durante un momento.

–¿Hablas por propia experiencia?

–Bueno, sí. Hasta hace poco, nunca había salido de Devon. Suena raro en estos días, pero nunca había estado en Londres –admitió ella.

–¿Qué te impulsó a venir?

Marisa se encogió de hombros.

–Quería ver la gran ciudad. Por nada en especial, en realidad.

Su forma de intentar quitarle importancia a la respuesta no engañó a Athan. Sin embargo, no pudo concluir cuál habría sido la verdadera razón que la había impulsado a mudarse a Londres. ¿Lo habría hecho con la intención premeditada de cazar a un hombre rico? En cualquier caso, parecía que ella no tenía ganas de profundizar sobre el tema. Quizá fuera, también, porque no quería que él la viera como una pueblerina.

Aunque tampoco había hecho ningún esfuerzo para mostrarse sofisticada, observó él, que no había podido ocultar su sorpresa cuando había ido a buscarla a su casa. Más austera, imposible.

De todas maneras, Athan se alegraba de que ella no hubiera aprovechado la oportunidad para vestirse para reducir esa noche. Por el contrario, el hecho de que hubiera intentado camuflar su belleza natural era bastante excitante...

Hablaron un poco más sobre la obra y, cuando llegó el primer plato, Athan tuvo que reconocer que estaba disfrutando de su compañía, algo que no había esperado. Sus opiniones eran inteligentes e informadas y parecía una persona sensible, que había captado a la perfección el trasfondo de los personajes y la complejidad de sus situaciones, incluso la del hermano de las protagonistas.

–Supongo que el hermano es el personaje más antipático –señaló ella–. Aunque hay que tener en cuenta que su matrimonio fue muy infeliz y eso lo excusa de alguna manera.

Athan se puso tenso.

–¿Un matrimonio infeliz es excusa para comportarse mal? –preguntó él y pensó que, por muy inteligente y sensible que ella fuera, estaba claro que su forma de pensar era muy diferente, si no, no habría elegido unirse a un hombre casado.

–A veces, sí –contestó ella–. La segunda hermana, Masha, no habría tenido una aventura si hubiera estado felizmente casada, ¿no crees?

–¿Y eso excusa su comportamiento?

Marisa lo miró a los ojos, percibiendo su agitación.

–Creo que depende de cada situación concreta.

Athan notó una sombra en su mirada. ¿Qué justificación estaría ella dándose para su propia forma de actuar? Tal vez, pensara que Ian Randall no era feliz con su esposa y eso les daba a ambos carta blanca para tener una aventura.

–¿Crees que el marido de Masha hizo bien al perdonarla?

–Bueno, tal vez, el divorcio no existía en esos días. Igual no le quedaba más remedio que arreglar las cosas.

Athan tomó su copa.

–Ah, sí, el divorcio. Una opción muy conveniente.

–Pero no siempre es la elegida.

Marisa apartó la vista. No era un tema del que le apeteciera hablar. Era demasiado cercano, demasiado doloroso. Por suerte, la llegada del segundo plato sirvió para interrumpir la conversación.

–¿Qué te trae a ti a Londres? –preguntó ella cuando se hubieron marchado los camareros, cambiando de tema de forma deliberada.

Athan la miró, comprendiendo que ella no quería hablar de un tema que le tocaba en la fibra sensible. Entonces, se preguntó qué sucedería si le contestara la verdad, que había ido allí para impedir que tuviera una aventura con Ian Randall, su cuñado.

Por supuesto, evitó hacerlo.

–A diferencia de las tres hermanas, vengo a menudo a Londres por trabajo. Tengo mi sede en Atenas, pero es una compañía internacional y viajo mucho.

–Debe de ser maravilloso –comentó ella con ojos soñadores.

–Es aburrido –repuso él–. Los aeropuertos se parecen entre sí. Lo mismo pasa con las oficinas, son igual en todas partes del mundo.

–Sí, supongo que cansa después de un tiempo.

–¿Por qué no lo haces tú? Disculpa mi intromisión, pero tienes los medios para viajar, ¿no?

Viviendo en Holland Park y vistiendo ropas tan caras, era lógico que él sacara esa conclusión, se dijo Athan. Si no hubiera sabido que no era libre para moverse y que su casa y su vestuario dependían de un amante que querría mantenerla cerca.

La respuesta de Marisa confirmó lo que él pensaba.

–Bueno, sería un poco difícil en este momento –afirmó ella con expresión reticente–. Aunque igual algún día... Me encantaría conocer otros países.

–¿Cuál sería tu primera elección? –preguntó él y, de pronto, se le ocurrió una idea.

Ella miró por la ventana a la noche fría lluviosa.

–¡A una playa tropical! –contestó Marisa, riendo.

–Sí, te entiendo.

–Debes de estar acostumbrado al calor, ¿no? –inquirió ella.

–Al contrario de lo que cree la mayoría de la gente, Atenas puede ser muy frío a veces –explicó él–. En esta época del año, tienes que ir más al sur para encontrar algo de calor.

Mientras hablaba, Athan estaba trazando un plan. ¿Sería factible? Necesitaría organizarlo bien, pero podía hacerse. Lo mejor de todo es que sería la trampa perfecta, caviló con frialdad. Después, ella no podría negar que había estado con otro hombre. Sería la prueba definitiva de que había engañado a Ian.

Marisa estaba hablando de nuevo, sobre destinos de ensueño para las vacaciones. Parecía más animada, como si hubiera bajado la guardia que había mantenido contra él durante toda la velada.

¿Lo estaría haciendo de forma deliberada o sería inconsciente?, dudó Athan.

En cualquier caso, animada parecía todavía más hermosa.

Mientras la escuchaba, se deleitó contemplándola. Al tenerla allí delante, comprendía a la perfección por qué Ian Randall se había rendido a sus encantos. Aun con un saco como vestido, esa mujer era la encarnación de la belleza.

¿De veras podía seguir con su plan?, se preguntó él.

Aquella molesta duda volvió a asaltarle. Le había parecido muy fácil cuando había decidido que era la forma más rápida y segura de terminar su relación con Ian. Sin embargo, al tenerla a unos centímetros, cenando, charlando... disfrutando de su belleza, no lo veía tan claro. ¿Habría peligros ocultos que él no había tenido en cuenta?

No era posible, se dijo a sí mismo. Claro que no había ningún peligro para él. Podía hacer lo que pretendía, conseguir su objetivo y desaparecer a continuación. Sin un rasguño.

¿Qué importaba que sus mejillas parecieran esculpidas en alabastro, que sus ojos parecieran sacados del mar y sus labios fueran como melocotón maduro?

Athan hizo un esfuerzo por dejar de pensar en sus atributos físicos y centrarse en la conversación. Se dio cuenta de que se había perdido.

–Lo siento... ¿qué estabas diciendo?

Marisa había parado de hablar y se había quedado contemplándolo. Tenía las mejillas un poco sonrojadas. Al instante, ella bajó los párpados para ocultar su expresión.

Pero fue demasiado tarde. Athan la había visto...

Y había reconocido esa clase de mirada.

Ella notó que le ardía la cara y bajó la mirada, pero sabía que había sido demasiado tarde. Sabía que no había sido capaz de disfrazar su reacción por el modo en que él la había mirado. El mensaje de los ojos había sido claro. Y le había incendiado la sangre, la había dejado sin aliento, con el corazón acelerado.

Marisa luchó por mantener la compostura. ¡Aquello no debía estar pasando! Estaba allí con él solo porque la había invitado al teatro y, luego a cenar. No era una cita romántica. ¡De ninguna manera!

¡Era un completo desconocido!

Sin embargo, Marisa sabía lo bastante de él. Sabía que, cuando la contemplaba, no lo hacía como se mira a alguien con quien solo quisiera hablar de teatro.

Había sido una tonta al pensar que solo la había visto como una amiga.

Nerviosa, siguió comiendo. Eso debía hacer, centrarse en la comida y en terminar, hablando de cosas superficiales.

Lo fundamental era no mirar a su acompañante. Al menos, no así. Y tenía que ignorarlo si él la miraba.

Necesitó toda su fuerza de voluntad, pero consiguió hacerlo. Durante el resto de la velada, Marisa mantuvo una conversación ligera, sin mirarlo a los ojos y sin prestar atención a cómo se le curvaban los labios cuando sonreía, cómo sus fuertes dedos acariciaban el borde de la copa de vino, cómo su voz profunda y sensual le llegaba muy adentro...

Sin embargo, era como si estuviera siendo dos personas a la vez. Una charlaba como si no pasara nada y la otra, en silencio, ansiaba hacer lo que no podía.

Quería deleitarse contemplándolo, sentir el poder de su contacto, de su presencia.

En el taxi de regreso a Holland Park, estaba esquiva como un gato. Se acomodó en el lado más alejado del asiento y puso el bolso en medio, como para formar una barricada contra él. Luego, salió del vehículo nada más llegar. Siguió hablando de cosas insustanciales mientras subían en el ascensor, tratando de ignorar que se encontraban en un pequeño receptáculo, solos, sin nadie más. En cuanto llegaron a su planta, salió y se giró para despedirse.

–Gracias. Lo he pasado muy bien –dijo ella, aferrándose al tono ligero que había mantenido por el camino–. Has sido muy amable al invitarme –añadió con una sonrisa de cortesía–. Buenas noches.

Athan la miró. De acuerdo, ella estaba dando la noche por zanjada. Estaba claro que quería marcar límites, pensó. Le seguiría el juego... por el momento.

–Buenas noches, Marisa. Me alegro de que te hayas divertido –repuso él con una media sonrisa.

Ella se giró y rebuscó en el bolso la llave. Acto seguido, abrió, entró y le hizo un pequeño gesto de despedida con la mano antes de cerrar la puerta.

Durante un momento, Athan se quedó mirando su puerta. Ciertos sentimientos indeseados se entrometieron en su mente, tratando de entorpecer el propósito que lo había llevado hasta ella.

Entonces, se volvió con decisión y entró en su casa.

Había avanzado con ella hasta el punto que había pretendido. Era cuestión de dosificar sus acciones hasta dar el siguiente paso.

La idea que se le había ocurrido durante la cena

volvió a asaltarlo. Era una forma simple y atractiva de separarla de Ian Randall para siempre.

Para poder llevarla a cabo, le faltaba aún algo de preparación. Pero, cuando hubiera completado su plan, Marisa Milburne nunca volvería a estar disponible para el marido de su hermana.

—¿No vas a abrirlo?

Marisa estaba mirando el sobre que él le había dejado sobre la mesa del restaurante.

Ella había estado intentando mantener las distancias durante las últimas dos semanas. Y él había respetado sus límites. Era algo de agradecer. Aunque, si Athan hubiera intentado algo, ella se habría echado atrás y se hubiera retirado, lejos de alcance.

Sin embargo, Athan no lo había hecho. Durante varios días después de la noche que habían ido al teatro, si siquiera se habían visto. Era comprensible, se dijo ella. Lo más probable era que, entre semana, él hubiera vuelto a Atenas. O, tal vez, había pasado su tiempo con otra persona.

¿Otra persona? Por supuesto, sería una mujer, había adivinado Marisa. Tal vez, una modelo, una dama de la alta sociedad o una gran empresaria... No alguien como ella, una provinciana que no se movía en su mismo círculo. De todas maneras, no podía quejarse. Para ser una chica recién llegada a la ciudad, donde no tenía amigos, había sido una suerte conocer a un hombre tan guapo que la llevara al teatro.

Aunque no volviera a salir con él nunca más, se había dicho, intentando convencerse a sí misma.

Lo cierto era que se había divertido esa noche. No

solo porque había sido agradable no ir sola al teatro, sino también por su compañía. Era un hombre apuesto, sí, pero además había sido interesante hablar con él e intercambiar puntos de vista. Habían mantenido una conversación mentalmente muy estimulante sobre la obra.

Al pasar el resto del fin de semana sola, Marisa había reflexionado sobre lo aislada que se sentía en Londres, por muy lujosa que fuera su casa. Su resolución de trabajar como voluntaria y hacer amigos se había fortalecido y el lunes se había dirigido a la tienda benéfica más cercana para preguntar. Había investigado, asimismo, dónde dar clases de danza y se había apuntado a unas que había cerca de donde vivía. Sin embargo, su buen humor se había ido al traste por la tarde, cuando Ian la había telefoneado. De nuevo, no podía verla. Ni siquiera había podido asegurarle si iban a poder quedar a lo largo de la semana.

Ian se había disculpado y ella se había mostrado comprensiva. Por supuesto, entendía que su trabajo era exigente y que, además, tenía que atender a su esposa. Era muy comprensible.

Aunque, al colgar, Marisa había sentido el peso de la depresión. Cuando el teléfono había vuelto a sonar después y una voz con acento extranjero la había hablado, su ánimo se había levantado un poco.

—¿Te apetece ir a ver *Hamlet* al Teatro Nacional? ¿O ya la has visto?

—¡Me encantaría! —había respondido ella de inmediato.

—Excelente. ¿Qué te parece el jueves?

Durante un segundo, Marisa había titubeado. El jueves solía ser el día que Ian podía quedar con ella sin hacer que su esposa sospechara. Eva iba a su club de libros ese día y no se preocuparía si él llegaba tarde. Pero, en su llamada de antes, Ian le había advertido que esa semana no iba a tener mucho tiempo para quedar.

Lo más probable era que Ian se alegrara de que ella hubiera hecho otros planes, había pensado.

Un segundo después, le había dado la respuesta a Athan Teodarkis.

Había sido la respuesta que Athan había esperado. La había dejado sola el fin de semana a propósito, sabiendo que Ian Randall solo la veía entre semana.

Pero, al terminar el fin de semana, él había vuelto al ataque, prosiguiendo con su estrategia.

Igual que con la pieza de Chejov, después de *Hamlet* se habían ido a cenar. Marisa había vuelto a asegurarse de vestirse con ropa discreta y Athan había vuelto a comportarse de forma impecable con ella, sin hacer ningún acercamiento.

El domingo siguiente, cuando Marisa se había resignado a pasar otro fin de semana sola, su timbre había sonado.

—Hace un día precioso. ¿Puedo invitarte a comer en el restaurante del antiguo invernadero de Holland Park?

—¡Me encantaría! ¡Nunca he comido allí! —había respondido ella con el rostro iluminado.

—Entonces, debo llegarte. Las vistas son maravillosas —había asegurado él con una sonrisa.

—Esta vez, invito yo —había advertido ella, tras tomar aliento.

Cuando Athan se había quedado serio, Marisa había pensado que, igual, lo había ofendido.

—No es necesario en absoluto —había dicho él con

expresión velada–. Prepárame una cena casera un día. Con eso, me sentiré pagado. ¡Ah y de paso puedo enseñarte cómo funciona la cafetera!

–De acuerdo –había aceptado ella.

Caminaron juntos a buen paso, pues aunque hacía sol el día era frío. Ella se había alegrado de llevar una chaqueta de lana y botas de cuero. Sin embargo, había olvidado llevar gafas de sol.

Athan la había sorprendido mirándolo en un par de ocasiones y no era eso lo que ella quería. Para disimular, Marisa se había puesto a hablar.

–Me encanta Holland Park, incluso en invierno. Es un parque precioso. Es una pena que Holland House fuera bombardeada durante la guerra. Solo queda de ella el invernadero de naranjos, donde está el restaurante. Creo que celebran allí la temporada de ópera en verano. Al aire libre. ¡Debe de ser maravilloso en una cálida noche estival!

Marisa no había podido evitar hablar sin parar. A Athan no había parecido importarle y había dado las respuestas adecuadas mientras llegaban al restaurante.

El escenario era precioso. Era una pista de baile del siglo XVIII, con hermosas ventanas para que entrara el sol. La comida era deliciosa, además. Marisa había tenido un poco de remordimientos por comer a su costa por tercera vez pero, después de la forma en que él había reaccionado cuando se lo había propuesto, había preferido no volver a ofrecerse a invitarlo.

Aparte de eso, se había sentido muy cómoda en su compañía. Y se había dado cuenta de que ya apenas lo consideraba un desconocido...

No sabía mucho sobre él en persona. En realidad, no solían hablar de cosas personales y Marisa se alegraba. Ella no podía hablarle de Ian, ni le apetecía charlar sobre su vida en Devon. Había quedado atrás y no pensaba volver, pensó. Además, ¿qué pensaría de ella Athan Teodarkis si supiera que había crecido en una pobre casucha, con apenas medios para subsistir?

Todo eso parecía muy lejos, se dijo, mirando a su alrededor en el bonito y caro restaurante que servía la comida más exquisita. Delante, tenía a un hombre imponente, que de vez en cuando contaba que había ido en jet privado y en coche con chófer a cualquier sitio. Sus gafas eran de marca y su reloj de oro debía de ser de valor incalculable. Fuera de toda duda, era un hombre muy rico. Sofisticado, cosmopolita, seguro de sí mismo, guapísimo...

Un escalofrío recorrió a Marisa al pensar que, de todas las mujeres del mundo con las que él podría elegir pasar el domingo, había sido ella la afortunada.

Él disfrutaba con su compañía, esa podía ser la única explicación, se dijo.

Marisa llegó a la misma conclusión la semana siguiente, cuando él la llevó a un concierto en el Royal Festival Hall.

Luego, se autoinvitó a cenar.

Ella no pudo negarse, ya que había aceptado hacerlo a cambio de las invitaciones de él. De todos modos, estaba nerviosa. Y no solo porque no tenía ni idea de qué le gustaría comer a un hombre como él.

Eso mismo le dijo a Athan y él sonrió.

—Me gustaría comprobar qué tal se te da algún guiso tradicional inglés.

—Creo que puedo intentarlo —afirmó ella, pues era una de las recetas que su madre le había enseñado—. ¿Te apetecen manzanas al horno de postre?

Athan asintió, encantado.

Marisa se esforzó todo lo que pudo en el guiso y tuvo su recompensa. Él la felicitó y se terminó con gusto todo el plato.

De todos modos, Marisa no conseguía estar tranquila. Sentía mariposas en el estómago y no era porque estuviera preocupada por si la comida estaba a la altura del hombre con quien iba a cenar.

Era porque estaba sentado a la mesa del comedor y no había nadie más en la casa. Sí, podía engañarse a sí misma pensando que se comportaba con él como si fuera cualquier otro hombre. Pero no era cierto, reconoció para sus adentros cuando su comensal le dedicó una seductora sonrisa. Sabía que Athan Teodarkis producía una poderosa influencia sobre ella.

Y, a pesar de que se había arreglado a propósito de la forma menos atractiva posible, con unos vaqueros, un jersey de cuello vuelto, nada de maquillaje y una cola de caballo, le era cada vez más difícil ocultar la atracción que sentía. Aunque, por otra parte, no estaba segura de si debía ocultarla...

Echando mano de toda su fuerza de voluntad, comió con él, fingiendo indiferencia. No estaba segura de por qué le parecía tan importante que Athan Teodarkis no notara nada, pero así era.

No podía bajar la guardia.

En la cocina, después de las manzanas asadas que había servido con crema y sirope y que con tanto gusto se había terminado, Athan toqueteó la cafetera y la llamó para explicarle cómo usarla.

Estaban demasiado juntos. Mientras él le señalaba los botones, sus hombros casi se rozaban, sus caderas se tocaban. Sus rostros estaban pegados cuando él se giró para explicarle algo. Ella se apartó de un brinco con el corazón acelerado.

¿Se habría dado cuenta él? Al momento, Marisa había dado unos pasos atrás y había empezado a balbucear algo para ocultar sus nervios. Algo sobre lo mucho que le gustaba el capuchino y odiaba el expreso. Esperaba que no hubiera notado nada. Al menos, él no dio ninguna muestra de estar percibiendo nada especial en ella.

Azorada, Marisa se entretuvo sacando tazas de uno de los armarios y preparando la bandeja. La llevó a la mesita para café y se sentó en un sillón, dejándole a Athan todo el sofá de enfrente. De ninguna manera, quería que él pensara que quería tenerlo demasiado cerca.

Le pareció ver que él sonreía un poco al comprobar dónde se había sentado. Pero no estaba segura y no quería darle muchas vueltas. Solo quería que, mientras tomaban café al son de una melodía de Vivaldi que ella misma había elegido, nada romántico ni íntimo, llegara un punto en el que bostezar, agradecerle la visita y esperar a que él se fuera.

Eso era lo que ella quería. ¿O no? ¡Claro que sí! Cualquier otra cosa sería impensable. Igual de inapropiado que observarlo de reojo mientras se tomaba el café, con una pierna cruzada sobre la otra, el jersey azul de cachemira resaltándole un pecho fuerte y musculoso, su pelo azabache reluciente bajo la lámpara y una sombra de barba que, sin saber por qué, le produjo ganas de acariciarle la mandíbula con la punta de los dedos...

Marisa parpadeó, horrorizada por sus propios pensamientos.

Tenía que controlarse en ese mismo momento. ¡No podía seguir imaginándose con Athan Teodarkis, haciendo cualquier cosa demasiado personal! El problema era que no podía.

Mientras estaban sentados, charlando sobre una cosa y otra, él parecía muy relajado, como un gato satisfecho después de comer. Y ella estaba acurrucada con un vaso de vino de Borgoña en la mano, bajo la cálida luz de la lámpara de pie, envuelta en la música de Vivaldi, que se había vuelto más íntima y lenta...

Más seductora...

Athan la estaba mirando a los ojos con una expresión llena de secretos. Cuando la conversación languideció, Marisa intentó fingir que estaba escuchando la música con los ojos cerrados.

Trató de no contemplarlo, de no fijarse en cómo la luz y las sombras se dibujaban en su rostro, en cómo sus anchos hombros descansaban en el respaldo del sofá, en sus largas piernas, que parecían fuertes y musculosas bajo los vaqueros...

Con el estómago encogido, Marisa se sentía clavada al sitio, como si no pudiera moverse. Solo podía quedarse allí, con la respiración acelerada y el corazón latiéndole a toda velocidad.

Cuando, instantes después, sus miradas se entrelazaron, ella abrió más los ojos. Las pupilas de él se dilataron con un destello de deseo.

Marisa se puso en pie de un salto.

—¡Oh, cielos! —exclamó ella, con voz demasiado aguda—. Creo... creo que me he dejado el horno encendido. No recuerdo haberlo apagado después de sacar las manzanas. ¡Qué tonta soy! Es mejor que vaya a ver...

Entonces, salió corriendo hacia la cocina. No se había dejado el horno encendido y lo sabía. Pero había sido lo único que se le había ocurrido para romper el momento. Había tenido que detener lo que estaba empezando a pasar, porque...

Si él se quedaba...

No debería ni pensar en lo que podía pasar si Athan se quedaba, se dijo Marisa. Lo que debía hacer era regresar al salón, sonreír como si no pasara nada y hacer algún comentario sobre lo tarde que era.

Eso hizo y se quedó de pie, haciendo obvio que esperaba que su huésped se levantara también. Él se puso en pie con lentitud y una ligera sonrisa, como si supiera muy bien a qué se debía la repentina actividad de Marisa. Caminó hacia la puerta y se detuvo delante de ella.

Marisa lo siguió y ambos intercambiaron las cortesías acostumbradas sin mirarse. Sin embargo, cuando él se giró, pudo ver de nuevo ese brillo en sus ojos.

—Que duermas bien —se despidió él con voz baja y cálido acento.

—Sí, gracias —repuso ella con voz más aguda de lo que le habría gustado. Se sentía nerviosa, llena de adrenalina. ¿Por qué él no se iba? ¿Por qué seguía allí parado, mirándola de esa manera?

Durante un interminable instante, Athan no apartó los ojos. Ella se preguntó qué estaría pensando, aunque prefería no saberlo...

En ese momento, como en cámara lenta, él alargó la mano y le tocó la mejilla con los dedos con extrema suavidad. Fue solo un instante fugaz, tanto que ella apenas tuvo tiempo de darse cuenta. Pero su cuerpo reaccionó de forma poderosa. Le ardía la piel que él le había tocado, aun después de que hubiera retirado la mano.

Athan sonrió, sin dejar de mirarla.

Marisa estuvo a punto de lanzarse a sus brazos. Casi dio el paso que los separaba. Sabía con total seguridad que, si lo hacía, él inclinaría la cabeza y la besaría...

Pero fue capaz de controlarse.

–Buenas noches –dijo ella y, haciendo acopio de todas sus fuerzas, dio un paso atrás.

El brillo de los ojos de su invitado desapareció.

–Buenas noches –contestó él con tono cortés y distante. Y, con un casi imperceptible saludo de la cabeza, se fue.

En el pasillo, tras la puerta cerrada de Marisa, Athan caminó a su piso. Una expresión de preocupación se dibujaba en su rostro.

Sabía que la deseaba. No podía negarlo. Deseaba a la mujer hermosa y encantadora que era Marisa Milburne. La deseaba, tuviera algo que ver o no con la lamentable debilidad de su cuñado.

Sí, era cierto que, desde el momento en que había visto su foto, había sabido que no le costaría nada fingirse atraído por ella. Sin embargo, cada vez que la veía, con cada cita, se sentía más ansioso por impedir que tuviera nada que ver con Ian. Y no solo por el bien de su hermana.

Lo hacía por sí mismo.

No la quería compartir con nadie. La deseaba, sin complicaciones, sin estrategias, planes ni maquinaciones.

Una pesadez insoportable lo invadió. Lo que él quisiera no era importante, se reprendió a sí mismo. Estaba haciendo aquello por Eva. Era lo que no podía olvidar.

Y se estaba quedando sin tiempo. Solo iba a tener una oportunidad, mientras Ian y Eva estuvieran juntos de viaje, para seducir a Marisa Milburne y apartarla de su cuñado.

Esa era la razón por la que estaba allí sentado en un restaurante de Holland Park, dos días después de haber cenado en su piso, esperando que ella abriera el sobre que acababa de entregarle.

Marisa tenía la vista baja, observando lo que tenía entre las manos. Había aceptado su invitación a cenar con reticencia. Tenía que dejar de verlo, se había dicho a sí misma. Tenía que parar aquello.

Había conseguido no ver a Athan el día anterior, justo después de la peligrosa cena a solas en su piso. Esa tarde, había quedado con Ian para comer y él le había dicho lo que ella tanto había temido.

—Tengo que ir a San Francisco. No puedo librarme de este viaje. Nadie más puede ir en mi lugar y tengo órdenes de arriba.

—¿Cuánto tiempo estarás fuera? —había preguntado ella, desanimada.

—No estoy seguro. Al menos, una semana. Tal vez, más —había contestado Ian con tono de disculpa—. Lo que pasa es... que Eva ha tenido la idea de convertirlo en unas vacaciones e ir a Hawái después de San Francisco —había continuado, sin atreverse a mirarla a los ojos—. Así que puede que esté fuera tres semanas o más.

Al oír la palabra Hawái, Eva había sentido el aguijón de la envidia.

Ella nunca podría acompañarlo. Tenía que quedarse en Londres... donde el tiempo era cada vez peor. El cielo estaba nublado y hacía un viento helador que la había envuelto al salir del taxi que había compartido con Athan para ir al restaurante. Nada más llegar, se había sentado pegada al radiador que había junto a su mesa.

–¿Y bien? –preguntó Athan, señalando el sobre.

Él tenía una extraña expresión. Podía ser de anticipación, caviló ella y volvió a posar la atención en el sobre. Con cuidado, lo abrió y sacó su contenido. Al verlo, abrió los ojos de par en par.

–Dijiste que querías ir a una playa tropical –murmuró él.

Marisa se quedó contemplando, absorta, el panfleto que tenía delante. Una palmera, el mar azul, una playa de arena blanca y un hotel de un solo piso con una piscina más azul que el mar.

Grapados al folleto, había dos billetes de avión.

–Ven conmigo –pidió Athan con voz suave y persuasiva.

Marisa levantó la vista hacia él...

Y se ahogó en lo que vio en sus ojos.

Ella entreabrió los labios, quedándose sin respiración.

Athan le tomó la mano. Era la primera vez que la tocaba de forma tan obvia, aparte de los fugaces contactos cuando le había besado la mano al presentarse o cuando le había rozado la mejilla con los dedos. Su firmeza y su calor la envolvieron, dejándola a su merced.

–Ven conmigo –repitió él–. Quiero que estés conmigo.

Marisa se emocionó. De pronto, se sintió como si hubiera bebido demasiado. Él apretó la mano y le acarició la palma con el pulgar. Fue un gesto íntimo, posesivo.

Los ojos de él no dejaban de mirarla, profundos, con brillos dorados, trasladándola a otro mundo.

–Di que sí. Solo te pido eso.

Marisa había intuido que aquello pasaría. ¿Acaso no lo había sabido desde el primer día que había posado los ojos en él? Entonces, se le había acelerado el corazón y se había quedado sin aliento. No podía negar que, desde el principio, aquello había sido lo que ella había soñado, lo que había deseado.

Athan se dio cuenta de cómo sus ojos se ablandaban, con un brillo que le dijo todo lo que quería saber. Inspiró, satisfecho de su triunfo. Lo había conseguido. Ella no podía negarse. No podía seguir manteniendo las distancias, tratándolo como si fuera fruta prohibida. Al fin, estaría dispuesta a saborear la manzana que él le ofrecía.

Y él haría lo mismo. Se tomaría su tiempo para hacerla suya. Aunque solo fuera durante unas semanas, dejaría de lado su preocupación por el matrimonio de su hermana, sus miedos y sus dudas acerca de Ian Randall.

Por el momento, haría lo que había descubierto que quería de veras. Tener a Marisa por completo... para él solo.

Lejos de todo lo que ensombrecía su relación.

Estarían solo los dos, juntos.

Sin nadie más.

Capítulo 3

QUÉ TE parece? ¿Ha merecido la pena el largo viaje?

Athan sabía cuál sería su respuesta. Lo había sabido desde el momento en que habían aterrizado en el agradable calor tropical, en la otra punta del mundo, lejos del frío Londres. Y lo sabía en ese momento, mientras los dos se asomaban a la terraza de su bungalow junto a la playa.

Marisa se volvió hacia él.

–¿Es que lo dudas? –preguntó ella a su vez y volvió a posar los ojos en el escenario que tenía delante.

Era igual que la foto del folleto... pero real. ¡Y ella estaba allí! Era como un sueño maravilloso y exótico.

Y la playa caribeña, con arena blanca, palmeras mecidas por la suave brisa y el aroma de fragantes flores no era el único sueño hecho realidad.

El hombre que tenía a su lado también lo era.

Marisa sintió que se quedaba sin aliento, como le había pasado una y otra vez durante su viaje en primera clase. Había estado emocionada, no solo por viajar al extranjero por primera vez en su vida, ni por ir en primera clase, con todo el lujo que eso conllevaba, sino por el hombre que la acompañaba.

Había hecho bien en aceptar su invitación. Marisa estaba segura. ¿Cómo podía ser de otra manera? ¿Cómo podía haberse resistido a una oferta así? Era una pregunta retórica. Era imposible resistirse a Athan Teodarkis y a compartir con él unas vacaciones así.

Era cierto que, por un momento, se había sentido culpable al pensar en Ian, pero había dejado de lado ese sentimiento. Ian estaba lejos y ¿qué iba a hacer ella? ¿Quedarse muerta de asco en Londres, sola, pudiendo estar en aquella playa tropical...?

Con Athan.

Día tras día, cada vez que lo veía, sus sentimientos eran más poderosos.

No podía resistirse a él... Ni a lo que le ofrecía.

Por eso, durante aquel paréntesis en ese paraíso tropical, no se resistiría a nada de lo que él le ofreciera.

Marisa suspiró de placer, contemplando las vistas. Se sintió llena de felicidad. Todas sus preocupaciones parecían a mil kilómetros de distancia. Ese momento era para ella... y para el hombre con quien tan a gusto estaba.

—Me alegro de que no te haya decepcionado.

Durante un instante interminable, él la acarició con la mirada.

—¿Qué te gustaría hacer primero?

—¡Bañarme en el mar! —repuso ella sin titubear, nerviosa por la intensidad del momento.

—¡Es lo mismo que quiero yo! —exclamó él, riendo—. De acuerdo, vamos a la playa.

Entraron en la cabaña, diseñada como una sencilla casita de techo de palma, pero equipada con todo tipo de lujos.

Durante el vuelo, Athan le había hablado de la isla y de lo que encontrarían allí.

—Santa Cecilia ha escapado del turismo masificado

—le había explicado él—. No está tan civilizada como otros lugares, pero para mí eso es una ventaja. En los últimos diez años, han construido algunos hoteles, separados unos de otros, muy cuidados y bonitos. Para mi gusto, esa isla es una joya.

A pesar de que no tenía con qué compararla, Marisa estaba de acuerdo con él. Era como entrar de cabeza en una revista de turismo de lujo, en un lugar donde la mayoría de la gente nunca pondría un pie.

Radiante de alegría, se metió en el dormitorio. Se había puesto un poco nerviosa cuando había visto la cabaña por primera vez, con solo una habitación. Había sido un detalle anticipado de lo que aquellas vacaciones significarían.

¿Eran nervios lo que sentía o emoción?, se preguntó, mientras buscaba el bikini en la maleta. Lo había comprado el día antes de volar, a toda prisa. Y, aunque en el probador de la tienda le había parecido apropiado que fuera tan pequeño, le dio un poco de vergüenza ponérselo delante de un hombre que, hasta el momento, solo la había visto embutida en ropa de invierno.

Sin embargo, se lo había comprado para algo, se dijo. Se puso un pareo encima y salió a la terraza, para esperar a Athan.

Él la devoró con la mirada nada más verla. Y Marisa hizo lo mismo con él, que llevaba un bañador ajustado y el pecho desnudo.

El torso de Athan era como ella lo había imaginado... y más. Fuerte, sin un gramo de grasa y sin ser musculoso en exceso. Su piel suave y bronceada cubría unos pectorales y unos abdominales perfectos.

—¡Te echo una carrera al mar! —lo retó ella, forzándose a apartar la vista.

Marisa se giró para bajar los dos escalones que daban a un camino hacia el mar, apenas a unos doce metros de allí. Pero una mano la detuvo, sujetándola del hombro.

–Espera... ¿te has puesto protección solar?

–Sí, toneladas –respondió ella.

–Bien. Aquí es esencial. Mi piel es más resistente al sol que la tuya, pues es más oscura. Incluso así, tengo que ponerme protección. Tú debes tener cuidado. Sería un sacrilegio dañar una piel tan cremosa y suave –observó él con suavidad.

A ella se le aceleró un poco el corazón ante la caricia de su voz y el contacto de su mano.

–Bien. ¡A correr! –dijo él y salió hacia la playa.

–¡Tramposo! –protestó ella y salió corriendo tras él.

Athan llegó primero, como era inevitable, y se zambulló en el agua. Momentos después, ella lo imitó. El agua era como seda líquida a su alrededor. Cuando salió, el pelo mojado la caía como una cascada por la espalda y las gotas eran como diamantes por todo su cuerpo.

Athan se quedó boquiabierto contemplándola. Era imposible no hacerlo. Parecía una ninfa marina, una sirena surgida de la espuma... tan divina era su belleza.

Él había pensado desde el principio que era hermosa y había anticipado que su figura sería perfecta, pero verla allí delante con el más pequeño de los bikinis dejaba sin aliento a cualquiera.

Era tan bella que ansiaba tomarla entre sus brazos y poseerla allí mismo.

Sin embargo... una voz de advertencia sonó en su interior.

«Es hermosa, sí, y la deseas. Pero no olvides por qué estás aquí. Ni cuál es tu propósito».

Con impaciencia, Athan trató de no pensar en nada. Habría tiempo para la reflexión después, cuando regresaran a Inglaterra. Por el momento, podía concentrarse nada más en la maravillosa mujer que lo acompañaba.

Aquello era una delicia, pensó, bañado por el sol y el agua. Estaba allí, en aquel lugar precioso, y un océano lo separaba del resto del mundo con sus preocupaciones. ¡Tenía a aquella bella mujer para él solo!

—Esto es el paraíso —dijo Marisa con alegría y se dejó flotar sobre el agua. Cerró los ojos, sintiendo el sol en la cara. Perdiendo la noción del tiempo, se dejó llevar por el mar hasta que dos manos la agarraron con suavidad de los hombros, haciéndola girar como si fuera una estrella de mar.

—No quería despertarte, pero creo que debes salir ya. Aunque el agua te está refrescando, los rayos del sol pueden dañarte, sobre todo, porque son más fuertes al reflejarse en el mar.

Con reticencia, Marisa se incorporó, tocando la arena con los pies. Los rayos de sol hacían brillar el cuerpo de Athan, que parecía una escultura de bronce.

—A mí me pasa lo mismo —añadió él.

Al darse cuenta de que la había sorprendido mirándolo embobada, Marisa se sonrojó y metió la cabeza en el agua, supuestamente, para colocarse el pelo.

—Es hora de darse una ducha —propuso él.

De inmediato, un montón de imágenes clasificadas X invadieron a Marisa.

–Yo, primero –dijo ella, riendo y se le adelantó corriendo hasta el baño de la cabaña.

Tras una breve ducha y lavarse el pelo, se envolvió en una toalla y salió a la terraza. Tendió el bikini en la barandilla, donde sabía que se secaría enseguida.

El sol estaba bajando en el horizonte, hacia el mar. Marisa se dio cuenta de que la playa sería un lugar perfecto para ver cómo se ponía. Un poco a la izquierda de la cabaña, había un juego de sofás y un balancín generosamente provistos de cojines. También había una mesita para colocar las bebidas.

Peinándose, contempló el paisaje. Lo más probable era que hubiera otras cabañas a lo largo de la playa pero, por la distribución de la vegetación y las palmeras, cada una parecía aislada de las demás. El resort estaba diseñado para cuidar la privacidad de sus huéspedes.

Un remolino de nervios se formó en su interior al pensar en la intimidad que lo rodeaba. ¿Cómo terminaría la noche?

Pero ella lo sabía. Solo podía haber un final para un día así. Solo una cosa podía suceder bajo las estrellas del trópico.

Acabaría entre los brazos de Athan, pensó con el corazón acelerado.

¡La vida era hermosa! Estaba en un lugar idílico, con un hombre como Athan...

Con un escalofrío de excitación, entró en la cabaña para vestirse. Era demasiado temprano para ponerse ropa para cenar, así que se puso un fino y veraniego vestidito de algodón, de tirantes y largo hasta los tobillos. No se molestó en ponerse sujetador, pues hacía demasiado calor. Se puso un par de chanclas, se sacudió el pelo para que se le secara mejor y salió al pequeño salón que había en la parte frontal de la cabaña.

Se oía la ducha correr, lo que indicaba que Athan estaba en el baño. Marisa sacó un zumo de naranja y mango de la nevera y salió con él a la terraza. El juego de sofás protegidos por un dosel parecía tan invitador que empezó a caminar hacia allí y se acomodó entre los cojines.

–Así que estabas aquí –llamó una voz detrás de ella.

Marisa se volvió y vio a Athan acercándose. Él se había puesto unos pantalones cortos de algodón y una camisa azul de manga corta. Estaba imponente.

Y tenía un vaso en la mano.

–Es un poco temprano para tomar alcohol, pero en cuanto el sol se ponga pienso abrir la botella de champán que hay en la nevera –advirtió él con una sonrisa–. Hasta entonces, tomaré zumo.

–Y yo –replicó ella, sonriente.

Cuando él se sentó en el otro lado del sofá, Marisa se alegró. Se sentía un poco abrumada por su presencia y por saber lo que se acercaba. Y quería disfrutar cada momento.

No quería apresurar las cosas. Quería que fueran perfectas e inolvidables.

Por eso, por el momento, estaba bien allí sentada, manteniendo su propio espacio, con tan buena compañía.

–No puedo creer que esté aquí –comentó ella–. Es una preciosidad. Es como estar en un sueño.

–Pero es real –señaló él con alegría.

Pero había algo más en su tono de voz que inquietó a Marisa. Cuando volvió un poco la cabeza para mirarlo, no pudo descifrar su expresión. Era como si él le estuviera ocultando algo. O, tal vez, fuera solo fruto de su imaginación, se dijo.

—Por unas vacaciones inolvidables —brindó él.

—¡Nunca olvidaré esto!

—No, no lo olvidarás —aseguró él, sosteniéndole la mirada.

Entonces, Athan bebió y se concentró en el mar donde el sol comenzaba a sumergir su órbita naranja.

Estuvieron un rato en silencio, hablando solo de vez en cuando, escuchando el balsámico sonido del viento en la copa de las palmeras y el susurro de las olas en la orilla. Era un ambiente lleno de paz. Tanto, que Marisa se sentía como si no hubiera nadie más que ellos dos en el mundo.

—¿Es eso un coco? —preguntó ella, posando los ojos en lo alto de una palmera cercana.

Athan rió.

—¿Es que crees que es de plástico?

—Tal vez, el hotel pone cocos falsos en las palmeras para impresionar a los visitantes —bromeó ella.

—Le pediremos a alguno de los empleados que nos lo baje, si quieres —se ofreció él—. Es increíble ver cómo trepan. Usan un método bastante ingenioso, con una cuerda que atan alrededor del tronco y emplean para ir subiendo. ¡Son expertos!

—Lo dices como si lo hubieras visto antes.

—Bueno, aquí, no —admitió él—. Nunca había estado en este resort antes.

Esa era la razón por la que Athan lo había elegido. Nadie lo conocía y no iba a encontrarse allí con ninguna sorpresa. Además, ese lugar estaba pensado para parejas que querían alejarse de todo... incluidas otras parejas.

Por eso, era el lugar perfecto para llevar a Marisa Milburne.

Un sitio discreto y remoto, ideal para llevar a cabo sus intenciones, pensó él y no pudo evitar sentirse culpable. Ella parecía tan confiada, allí tumbada, disfrutando de las vistas, con pose relajada y elegante.

¿Estaba haciendo lo correcto?, se preguntó él, de pronto.

La había llevado allí para seducirla y que ella lo prefiriera antes que a Ian.

Sabía que a Marisa le gustaba. Ella lo deseaba tanto como él... Su intuición no podía engañarlo, se dijo, tratando de calmar su inquietud.

Inglaterra, su hermana, su atolondrado cuñado... todo le parecía muy, muy lejano.

Y Marisa estaba tan cerca...

–Por nosotros –brindó él con suavidad, levantando el vaso.

Los ojos de ella brillaron como joyas bajo la luz del atardecer.

Marisa se concentró en escuchar. Uno de los empleados del resort estaba hablando con otro isleño y ella intentó descifrar qué decía.

Pero no lo consiguió y volvió a posar la atención en Athan, sentado frente a ella en la mesa.

–No entiendo ni una palabra. No suena como si fuera inglés.

–No lo es –explicó él, sonriente–. El criollo proviene del francés, de los tiempos en que Santa Cecilia estaba dominada por Francia. Pero también incluye fragmentos de lenguas africanas y caribeñas originales. No te preocupes si no lo entiendes, es normal. Cada isla tiene su propio dialecto. Y se están esforzando mucho en preservarlos para la posteridad.

Marisa meneó la cabeza.

–Tampoco parece francés.

Cuando posó los ojos en Athan, lo encontró, como siempre, peligrosamente atractivo. Después de brindar con champán ante el mar, como había prometido, él se había puesto unos pantalones largos y otra camisa de manga corta que le quedaba de maravilla. Su gesto relajado, además, enfatizaba la fuerza de su musculoso cuerpo.

Marisa solo quería quedarse allí sentada, contemplándolo. Pero debía seguir hablando con él, para no quedarse embobada. Era difícil, no solo por lo guapo que estaba, sino por la forma en que Athan la miraba, haciendo obvio que le gustaba lo que veía.

Y que le gustaba mucho.

De nuevo, Marisa sintió mariposas en el estómago y se dijo que el esfuerzo que había hecho por arreglarse esa noche estaba mereciendo la pena. Después de tomar champán en la playa, se había ido al baño, se había aplicado maquillaje para resaltar sus ojos al máximo, se había puesto brillo de labios y se había peinado con un estudiado toque despeinado. También había elegido con esmero la ropa. Se había puesto un vestido largo en tonos rojo y oro, con tirantes y cintura estrecha que le hacía parecer más alta y esbelta. Y se había puesto un ligero chal de los mismos tonos alrededor de los hombros, lo justo para esa noche de temperatura suave y agradable.

En ese momento, mientras se llevaba la copa a los labios, supo que había elegido bien. Había otras parejas cenando en el restaurante también, aunque cada mesa estaba cobijada entre pequeñas palmeras en macetas y buganvillas de brillantes colores. Las mesas formaban un semicírculo alrededor de la piscina, que relucía con la iluminación.

Recordaría aquello durante toda la vida, pensó Marisa. El lugar, aquella noche mágica... y el hombre que lo había hecho realidad para ella.

Pero no podía seguir mirándolo así, se reprendió a sí misma.

—¿Y cuándo se hizo inglesa la isla? —inquirió ella, tratando de mostrar interés.

—Creo que ha cambiado de manos varias veces. Hubo varios tratados con Francia e Inglaterra durante el siglo XVIII. Pero terminó siendo inglesa después de las guerras napoleónicas —explicó él—. Sin embargo, los franceses dueños de las plantaciones mantuvieron sus propiedades, así que no les importó. En cuanto a los esclavos, supongo que se beneficiaron de la emancipación de la isla, en 1834, antes que el resto de las colonias francesas.

Marisa lo miró con preocupación.

—La esclavitud es terrible, ¿verdad? Me cuesta imaginarla en un lugar de ensueño como este.

Athan tomó su vaso de vino y bebió con gesto reflexivo.

—Ha sido una de las ironías de la civilización griega. Mientras el mundo moderno paga tributo a la democracia heredada de la Grecia clásica, su economía se basaba por completo en la esclavitud.

—Parece terrible que los europeos hicieran esclavos al descubrir América —comentó ella, frunciendo el ceño—. Era algo diabólico.

–Es muy fácil convencerte de que tu comportamiento está justificado cuando te beneficia de forma material –indicó él.

Entonces, percibió cierta incomodidad en los ojos de ella. ¿Estaría Marisa pensando que lo mismo le pasaba a ella, al vivir en la casa de Ian Randall?

No obstante, Athan no era quién para juzgar a nadie. Él estaba haciendo todo aquello para salvar el matrimonio de su hermana, por lo tanto, lo hacía por propio interés. ¡Esa era la razón por la que quería tener a aquella hermosa mujer para él solo!

Pero prefería no pensar en su regreso a Inglaterra, ni en lo que le diría a Marisa entonces. No quería acordarse de su hermana y, mucho menos, de su despreciable cuñado. No quería hacer nada más que saborear el momento al máximo, cada hora, cada minuto.

Decidido a hacer justo eso, dejó la copa y siguió comiendo. Era un pescado a la brasa delicioso y fresco, sazonado con especias dulces. Marisa había pedido gambas con salsa de coco.

–¿Están ricas? –preguntó él con tono despreocupado.

–¡Fabulosas! –exclamó ella–. Aunque creo que cada bocado tiene un millón de calorías.

–Puedes compensarlo comiendo solo fruta para el postre.

Mirándolo, Marisa se metió una gamba mojada en salsa de coco en la boca. Le resultó un alivio comprobar que la expresión preocupada que él había tenido hacía unos segundos había desaparecido. Se preguntó a qué se había debido. Aunque, lo que importaba, era que se había desvanecido. No quería que nada estropeara ese idilio...

Las frutas tropicales del postre era también un manjar, cortadas en pedazos y servidas sobre hielo picado. Athan picaba del plato de vez en cuando, recostado en su silla con una copa de coñac en la mano. Ella no quería beber más. Había tenido suficiente con el champán de antes de cenar y el vino de la comida.

Una sensación de absoluto bienestar la invadía. Era feliz... ¿Cómo no iba a serlo en aquel paraíso, con un hombre como Athan Teodarkis? Un hombre que, en ese momento, la estaba mirando de una manera...

Marisa sintió un escalofrío de excitación, anticipando lo que se avecinaba, cuando él se terminó el café y se puso en pie.

—¿Vamos? —dijo Athan, tendiéndole la mano.

Bordearon juntos la piscina, charlando con naturalidad. Sin embargo, por dentro, Marisa estaba nerviosa.

Dejaron la piscina atrás y se adentraron por los jardines, rebosantes de vegetación, hacia la cabaña. Según se acercaban, se oía con más claridad el sonido del mar y el croar de las ranas entre los árboles.

Caminaron hasta la playa que había frente a su alojamiento. La luna brillaba sobre el agua y, aunque había una suave brisa, la calidez de la noche los envolvía.

Marisa miró al cielo. Las estrellas brillaban como luces doradas en el firmamento. Embriagada por el aire tropical, por su corazón acelerado, estuvo a punto de desmayarse...

Athan la agarró de la cintura y la miró a los ojos. Su expresión delataba sus sentimientos.

Él murmuró su nombre y, entonces, llegó lo que ella había estado ansiando toda la noche. Desde el primer momento que lo había visto, lo había estado esperando. Despacio, Athan inclinó la cabeza y la besó.

Fue un beso suave, como una pluma, que no hizo más que aumentar su deseo. De pronto, se transformó en otra cosa, más profunda e incandescente, y todo desapareció a su alrededor.

Duró una eternidad o, tal vez, un instante fugaz. Athan se apartó, bebiendo de los ojos de ella.

—Te deseo tanto...

Marisa solo fue capaz de responder levantando su boca hacia él de nuevo, ansiosa por volver a sentir su contacto.

—Soy tuya.

Con un brillo de triunfo en los ojos, él le dedicó un beso voraz y la tomó en sus brazos en dirección a la cabaña.

Dentro, la depositó sobre la cama y, despacio, le quitó el vestido. La miró en la penumbra con gesto hambriento y, murmurando algo indescifrable en griego, comenzó a besarla de nuevo.

Marisa estaba en llamas. Aquello era una delicia, pensó, mientras la cabeza le daba vueltas de tanto placer. Athan le cubrió los pezones con los labios, lamiendo y chupando. Luego, fue bajando hacia su abdomen. Le sujetó la cintura y, al momento, siguió acariciándole los pechos con las manos. Ella estaba cada vez más excitada, más cerca del clímax.

Y quería más... ¡mucho más! Lo quería a él. Agarrándolo de los hombros, le quitó la camisa con impaciencia. Athan la ayudó en su tarea, deshaciéndose del resto de la ropa. Triunfante, ella se dio cuenta de que estaba por completo desnudo. ¡Y era suyo!

Con un pequeño gemido, Marisa lo atrajo a su lado,

sintiendo la calidez y fuerza de su cuerpo... y la intensidad de su erección. Dejándose llevar por el instinto, levantó las caderas hacia él, separando las piernas. Mientras le acariciaba la espalda, disfrutó de sentir cómo lo excitaba y de palpar aquella piel, masculina y suave como el satén.

Athan necesitaba poseerla. Ambos estaban ardiendo. Lo único que quería era sumergirse en la suavidad de su cuerpo. Y la buscó, hasta encontrar lo que deseaba. Ella se arqueó, agarrándolo de los hombros. Durante un momento interminable, él la contempló, impresionado por lo que veía.

¡Era tan hermosa...! Tenía el pelo extendido sobre las almohadas y el rostro encendido por una belleza divina. Su esbelto cuerpo le daba la bienvenida con ansiedad... la misma que él sentía.

Necesitaba fundirse con ella, hacer que sus dos cuerpos se convirtieran en una unidad.

Marisa murmuró su nombre con urgencia, deseando que la penetrara, mientras le apretaba la espalda, acercándolo.

Con una sola arremetida, entró en ella por completo. Marisa gritó de placer. Y empezaron a moverse en un ritmo primario y esencial, poseyéndose el uno al otro, volviéndose locos, fundiéndose y dándoselo todo.

Ella tenía las pupilas tan dilatadas que parecían inundar sus ojos. Una tormenta de sensaciones la invadió, a cual más placentera, llevándola más y más alto.

Hasta que el tiempo se detuvo. Todo perdió su significado. Solo existía ese momento, esa increíble sensación que la atravesaba de pies a cabeza. Con cada arremetida, la llevaba más alto, más lejos. Y el placer era tan intenso que, cuando llegó al clímax, se sintió consumida por él, flotando en un mar de deliciosos espasmos.

Marisa gritó, mientras la tormenta que se desencadenaba en su interior la llevaba a otro mundo, a un lugar en el que nunca había estado... Nunca había soñado que pudiera sentirse algo así.

Entonces, otra voz se unió a ella, profunda, ronca, masculina. Notó cómo Athan la llenaba con su orgasmo, transportándose con ella a ese otro mundo...

Durante largos minutos, sus cuerpos fueron de fuego, una sola llama, juntos. Luego, saciados y exhaustos, fueron relajándose. Y una sensación de bienestar absoluto la invadió.

Se quedaron tumbados, con sus miembros entrelazados, mientras las llamas de la pasión iban languideciendo poco a poco.

Marisa perdió la noción del tiempo. Lo único que sabía era que había encontrado un lugar del que no quería irse jamás. Entre los brazos de Athan, no necesitaba más. Y se quedó dormida, abrazándolo, apretándolo contra su corazón.

Marisa nadó hacia el bar que había en medio de la piscina. Al llegar, se subió a uno de los taburetes, medio sumergidos. El camarero se acercó y le preguntó qué quería. Tras optar por un margarita de fresa, se quedó saboreando la bebida con hielo y mirando las aguas turquesas de la piscina y del mar que tenía delante.

Llevaban casi dos semanas allí, pero todavía no se había cansado de las vistas. Dejó escapar un suspiro de felicidad. Por supuesto, tampoco se había cansado de Athan.

Estaban juntos casi las veinticuatro horas del día. Solo había un pequeño intervalo en que, como estaba haciendo en ese momento, él iba al centro de comunicaciones del resort para ponerse en contacto con su empresa y comprobar los mensajes urgentes. Sin embargo, rara vez se separaba de ella más de media hora.

Desde el instante en que se había rendido a su invitación, Marisa había sabido que iban a ser unas vacaciones inolvidables. Pero nunca había previsto cuánto.

Y no era solo por el sexo... aunque la palabra *sexo* no bastaba para describir la increíble experiencia. No, no era solo físico. En cada encuentro, se sentía consumida por las llamas como un ave fénix, para renacer envuelta en éxtasis, entre los brazos de él. No podía ser solo sexo, cuando ardía de pasión por él y seguía deseándolo después, cuando yacía entre sus brazos, acariciándose, mirándose a los ojos, embriagados el uno con el otro. Dormir con él, acurrucada contra su cuerpo, era el paraíso, igual que cuando su amante la despertaba en medio de la noche para hacer el amor otra vez, como si nunca pudiera tener suficiente.

A pesar del dulce recuerdo de sus encuentros amorosos, una molesta preocupación se coló en sus pensamientos. Su idilio en Santa Cecilia estaba a punto de terminar. Pronto, en un día o dos, volverían a casa, a Londres, donde les esperaban sus vidas normales.

¿Qué pasaría entonces?, se preguntó, inquieta.

¿Continuaría su relación?

Era una duda que no la dejaba descasar. Intentaba no pensar en ello pero, en los últimos días, se había sentido cada vez más ansiosa por conocer la respuesta.

Sin embargo, al mismo tiempo, temía conocerla... temía que no fuera lo que esperaba.

Aquello era un idilio en un paraíso tropical, donde la realidad parecía tan distante como el invierno inglés. ¿Pero qué sucedería cuando aquel paréntesis se cerrara?

Athan era el amante más apasionado y ardiente que cualquier mujer podía desear. Allí. ¿Pero sería igual en Londres?

Las dudas la acosaban. Sí, Athan era suyo allí. Sin embargo, en ocasiones, en los últimos días, había notado que su mente se apartaba de ella, como si la intimidad que habían compartido comenzara a desvanecerse. A veces, lo percibía solo en su mirada, cuando parecía mirarla con los ojos de un extraño. Enseguida, al instante, volvía a ser el mismo... y ella se preguntaba si lo había imaginado.

Había una razón lógica y Marisa lo sabía. Él era un hombre con un imperio que dirigir. ¿Cómo iba a estar concentrado solo en ella? Tenía que aceptar que su mente vagara en ocasiones hacia asuntos de mayor importancia.

Mayor importancia que ella.

Al pensarlo, Marisa se estremeció. Tenía miedo, aunque no quería enfrentarse a ello.

Cuando llegara el momento, no obstante, tendría que aceptarlo. Las horas pasaban de forma inexorable. El sol avanzaba en el horizonte. Llegaría el momento del fin, por mucho que ella lo temiera.

Athan le había dedicado palabras de pasión. La sonreía, le daba la mano, caminaba a su lado y la abrazaba... ¿pero qué sentía por ella? ¿Solo atracción física? ¿Solo deseo?

Marisa no se atrevía a buscar la respuesta. Pero había otra pregunta que todavía la asustaba más.

¿Qué sentía por él? ¿Solo pasión? ¿Solo deseo?

Sí, tenía que ser así. No podía ser nada más. Ella no podía permitir que fuera nada más. Porque, cuando su aventura terminara, cuando la isla fuera solo un recuerdo lejano y su realidad las ajetreadas calles de Londres, descubriría lo que tanto temía saber.

¿Qué pasaría si Athan quería terminar con ella?

Tenía que prepararse para esa posibilidad, pensó, mirando al vacío. Tenía que estar lista para el momento en que él le dijera que habían terminado.

¡No! No se sentía capaz de imaginar ese momento. No quería estropear sus últimos días juntos martirizándose con lo que podía pasar. No dejaría que su presente se enturbiara por nada del mundo.

Con resolución, se terminó la bebida y salió de la piscina. Athan pronto terminaría de trabajar y volvería a la cabaña. Ella quería estar allí esperándolo. Llena de deseo, igual que él. La pasión de media mañana era tan deliciosa...

Dejando de lado sus siniestros pensamientos, comenzó a caminar con paso firme, ansiosa por encontrarse de nuevo con su amante.

Athan le acarició el sedoso pelo, abrazándola. Acababan de hacer el amor. El único ruido que se escuchaba era el del ventilador. Pronto, se levantarían, se ducharían y se vestirían para comer. Nada formal, todo el mundo usaba ropa de playa para ir al restaurante al mediodía.

La comida era un placer para los sentidos, suave y

saludable, con muchas ensaladas y frutas en un gran bufé al aire libre, resguardado del sol por amplios toldos. La brisa del mar refrescaba el ambiente. Todo el lugar emanaba un clima de tranquilidad. Relajarse allí era inevitable.

Sin embargo, Athan no se sentía nada relajado. Solo les quedaban dos días para regresar. Y, en Londres, iba a tener que enfrentarse a la verdad y contársela a Marisa. Iba a tener que decirle por qué la había llevado de vacaciones y lo que eso significaría para ella. Y para su cuñado. Significaría que su relación con Ian iba a ser imposible.

De todas maneras, a pesar de que debía estar contento por haber cumplido su objetivo, algo dentro de él se rebelaba. Quizá, no tenía por qué contarle la verdad a Marisa, caviló. Después de todo, tras haber pasado dos semanas con otro hombre de vacaciones, ella no pensaría en volver con Ian. ¿O sí? Lo más probable era que ella misma diera por terminada su relación con Ian Randall.

Por eso, igual no necesitaba contarle nada.

Porque lo cierto era que no deseaba hacerlo. Desde el principio, Athan había sabido que no sería fácil, sino incómodo y desagradable. Pero allí, después de todo lo que habían pasado juntos, iba a ser todavía peor...

No podía hacerlo.

Lleno de repulsión consigo mismo, se dijo que no podía pasar de sostenerla entre sus brazos a acusarla de intentar romper el matrimonio de su hermana.

Siempre había sabido que llegaría ese momento, pero una cosa era trazar el plan frío de seducir a la mujer que amenazaba la felicidad de su hermana y otra, muy distinta, era pasar dos semanas con ella y tener que enfrentarse luego al desagradable trago.

¡Debía de estar loco para haber hecho un plan así!, se reprendió a sí mismo.

Había sido una locura pensar que podía dormir abrazándola, mientras planeaba una trampa tan fría.

Posó los ojos en el ventilador del techo. Su movimiento circular emulaba sus pensamientos, que daban vueltas sin cesar en su cabeza. Sabía lo que tenía que hacer. Y sabía que no podía hacerlo.

Por Marisa.

Guiado por un impulso, la abrazó de la cintura mientras ella dormía. Era una sensación demasiado agradable tenerla allí tumbada a su lado...

Athan no había sospechado nunca que pudiera sentirse así. La había deseado desde el principio, era cierto, pero no había intuido que pudiera ser tan... increíble.

Todo había fluido a la perfección. La pasión que compartían el uno por el otro, lo bien que se sentía con ella. Pero no solo se trataba de sexo.

Estaban también las pequeñas cosas, el tiempo que pasaban juntos cuando no estaban en la cama. No le costaba esfuerzo estar con ella. Reían y compartían silencios con total tranquilidad, sin tensión. Su compañía era perfecta.

Hicieran lo que hicieran, ya fuera comer bajo las estrellas o tomar el sol en la playa, o dar un paseo en barco, admirar la luna entre las palmeras... era siempre un placer hacerlo a su lado.

En cuanto al sexo...

El cuerpo de Athan se incendió de nuevo y se endureció, a pesar de estar saciado.

¿Cómo podía desearla tanto? ¿Cómo podía sentir unos orgasmos de tanta intensidad? ¿Cómo era posible que sintiera que no quería de la vida nada más que estar tumbado con Marisa entre sus brazos?

Pero iba a tener que ponerle punto y final. Destruir aquello tan precioso.

Iba a tener que acusarla de haberse entrometido en el matrimonio de su hermana. Sabía que, sin duda, aquello supondría el final de su relación. Una vez que le contara a Marisa cuáles habían sido sus intenciones desde el principio, ella no querría saber nada más de él.

No quería hacerlo, se repitió a sí mismo.

Pero si no lo hacía...

¿Cómo podía salir del atolladero en que se había metido? ¿Cómo podía dejar de lado la felicidad de su propia hermana?

Tenía que hacerlo. No quería, pero era su deber. Si no lo hacía, se estaría comportando como un cobarde egoísta.

Esa era la verdad y no podía negarla. Tenía que terminar lo que había empezado.

Marisa se desperezó entre sus brazos y abrió los ojos. Mirándolo, sonrió despacio, con sensualidad.

Levantó la boca hacia él y Athan respondió, sumergiéndose en sus labios y dejando que los inquietantes pensamientos que lo atormentaban se desvanecieran.

Londres estaba lejos... había todo un océano de por medio.

Allí, en ese momento, Marisa era todo su universo.

Lo único que él quería...

Capítulo 4

MARISA miró por la ventanilla del taxi que los llevaba desde el aeropuerto al centro de Londres. El paisaje gris hacía juego con cómo se sentía. A su lado, Athan había sacado el portátil y miraba la pantalla con el ceño fruncido. Solo estaba a unos centímetros de ella... pero parecía mucho más lejos.

Tenía el corazón acongojado, pues sabía lo que se avecinaba. Un sofocante sentimiento de pérdida se apoderaba de ella. Era lo que más había temido. Él iba a acompañarla a su piso y, luego, de la forma que considerara apropiada, iba a decirle que no podía volver a verla.

Con un nudo en el estómago, Marisa intentó ahogar sus pensamientos, intentó mirar por la ventanilla y no sentir nada.

Pero su mente no la dejaba en paz. Era normal que Athan hubiera sido tan atento durante las vacaciones. Ella había sido su único centro de atención. Pero habían sido solo unas vacaciones, no podía olvidarlo. Nada más que eso. Él había conseguido lo que había querido. Y su interés se había ido desvaneciendo. Lo habían pasado muy bien juntos, pero había terminado.

Era hora de seguir con sus vidas por separado.

Ese era el problema, pensó Marisa con el estómago

en un puño. Era él quien quería seguir con su vida, no ella. Lo único que ella quería era que siguieran juntos.

No quería perderlo. ¡No quería dejar de verlo ni que su relación terminara!

Pero sus deseos no iban a hacerse realidad.

Tenía que aceptarlo, se dijo Marisa.

El taxi dejó la autopista y entró en Londres, dirigiéndose a Holland Park, la calle donde vivían. En cuanto llegó a su destino, ella salió del coche. Athan se quedó pagando al conductor y sacando las maletas. La acompañó al ascensor.

—Qué frío hace aquí —comentó ella con un escalofrío.

Athan esbozó una débil sonrisa y no dijo nada, sin mirarla siquiera.

Estaría preparándose para su discurso de despedida, adivinó Marisa. ¿Cuántas veces lo habría hecho antes? ¿A cuántas mujeres habría llevado al paraíso para despedirse de ellas al volver a la cruda realidad?

Bueno, no importaba cuántas veces lo hubiera hecho antes, caviló ella. Athan le diría que lo había pasado muy bien, pero que habían terminado. Solo esperaba que él no se atreviera a hacerle ningún regalo de despedida. Y esperaba no llorar. Rezó por encontrar el valor necesario para sonreír sin más y darle las gracias por el tiempo que habían estado juntos.

Podían separarse como amigos. O, al menos, como conocidos.

De todos modos, no volvería a verlo, caviló ella. Athan ya podía volver a su propio piso y no necesitaba seguir alquilando el que había en ese edificio. Lo más probable era que él encargara a una compañía de mudanzas el traslado. Sería más fácil así y podrían tener una ruptura limpia.

Las puertas del ascensor se abrieron. Marisa sacó su llave y abrió la puerta. Él la siguió con su maleta.

–¿Puedes dejarla en el dormitorio? –pidió ella, tratando de sonar indiferente.

A continuación, Marisa entró en el salón. El aire estaba frío y estancado. Con un escalofrío, encendió la calefacción.

Athan estaba parado en el centro de la habitación. Su expresión lo decía todo. Tensa, Marisa estaba esperando que hablara. Se lo tomaría con dignidad, se prometió a sí misma.

No lloraría. Ni suplicaría, ni le haría preguntas. Lo aceptaría sin más y seguiría con su vida. Igual que él.

Pero Athan no abría la boca. Estaba allí de pie, como una estatua, con el rostro pétreo.

–Tengo algo que decirte –indicó él de forma abrupta.

Ella se encogió ante su duro tono. ¿Por qué tenía que sonar tan hostil? ¿No había una manera... civilizada... de despedirse?

Tal vez, Athan percibió la conmoción en los ojos de ella ante la severidad de su tono o, quizá, no. En cualquier caso, su expresión se endureció todavía más. A Marisa se le encogió en estómago y la sangre se le llenó de adrenalina. ¿Es que iba a pasar algo todavía peor de lo que había esperado?

Nunca antes había visto a Athan con esa expresión tan severa.

Parecía furia.

De pronto, el miedo que ella había sentido empezó a acrecentarse.

Athan la miraba con ojos de acero.

¿Qué estaba pasando? ¿Por qué él se estaba comportando así?

Confusa y llena de aprensión, Marisa se puso más tensa todavía.

–No vas a volver a ver a Ian Randall –le espetó él–. Te mantendrás lejos de su vida.

Marisa se quedó mirándolo, conmocionada. Athan comprobó su shock con salvaje satisfacción. Igual de salvaje que la rabia que se apoderaba de él.

Ella se agarró al brazo del sofá, como si estuviera a punto de perder el equilibrio. Tenía los ojos desorbitados por la sorpresa.

–No volverás a verlo –repitió él–. Va a trabajar fuera, en Atenas, a partir de ahora. Lo he trasladado.

Athan había terminado de dar los pasos para el traslado mientras habían estado en Santa Cecilia. Le había parecido adecuado mantener a Ian lejos de Londres y llevarlo a Atenas, donde él pudiera vigilarlo.

Esforzándose en mantenerse firme, observó cómo Marisa digería la noticia. Debía hacerlo. No podía mostrar debilidad en ese momento, justo cuando había conseguido su objetivo.

Tenía que concentrarse en quedarse quieto, como si todo su cuerpo fuera de acero, se dijo él. Si no, corría peligro de rendirse a la tentación de acercarse a ella y rodearla con sus brazos.

Marisa parecía querer comprender, sin conseguirlo...

–¿Eso has hecho? Pero Ian no trabaja para ti...

No tenía sentido ese comentario, ni era relevante, pero las palabras salieron de su boca de todos modos.

–Claro que trabaja para mí.

–¡No! Es director de marketing de una empresa...

–Una de mis subsidiarias –la interrumpió él.

Ella abrió la boca y la cerró. Tenía que haber una explicación para todo aquello, pensó. Intentó sopesar qué era lo que menos entendía, de todas las cosas a las que no encontraba sentido. La cabeza la daba vueltas.

—¿Pero a ti qué más te da lo que hagamos Ian y yo? ¿Por qué te importa, aun cuando sea tu empleado? ¿Qué daño te hace? —inquirió ella, atropellándose con las palabras.

Athan sintió que su furia renacía. Estaba rabioso por lo que Ian le estaba haciendo a Eva. Y por haberse visto envuelto en ese embrollo con la misión de solucionar las cosas. Sobre todo, estaba furioso por lo que le estaba haciendo a Marisa.

Sin embargo, no había más remedio. Tenía que cumplir su misión. Dio un paso adelante y la agarró de los codos con manos de acero.

—Porque Eva Randall —comenzó a explicar él con voz gélida—... ¡Eva Randall es mi hermana!

Marisa se quedó blanca.

—No lo sabía —susurró ella con ojos como platos.

Athan soltó una risotada burlona. Todo el universo parecía estar riéndose de él... ante la escena que debía representar hasta el final. Porque lo único que podía hacer era zanjar su historia con Marisa.

—Es lógico que él no te lo dijera. No era asunto tuyo. Supe que no tenías ni idea cuando me presenté y viste mi nombre en mi tarjeta de visita —indicó él con tono frío—. Eso me dejaba campo libre para cumplir mi propósito.

Los ojos de él parecían vacíos de todo sentimiento. Y continuó hablando.

—Yo te busqué. Alquilé el piso enfrente del tuyo,

incluso planeé nuestro encuentro cuando salías del ascensor. Llevaba tiempo vigilándote, desde que sospeché que el marido de Eva tenía un pequeño y sórdido secreto. Así que tracé un plan. Lo único que quería era hacer que tu relación con Ian terminara –afirmó él, sabiendo que aquellas palabras serían el detonante final–. Después de todo, ¿cómo ibas a seguir viéndote con él después de lo que has estado haciendo conmigo?

Marisa se sintió a punto de desmayarse, pero encontró fuerzas para hablar. Cada palabra era como un cuchillo en el corazón.

–¿Lo tenías todo planeado?

Tenía los ojos muy abiertos y el rostro blanco como el alabastro. Una belleza etérea la envolvía.

Una belleza que Athan no volvería a poseer jamás.

–Sí. Lo tenía todo planeado –reconoció él e hizo una pausa, a punto de dar la última puñalada a su relación–. Nuestro encuentro solo fue parte de un plan. Nada más que eso.

Marisa se quedó mirándolo, pálida como una muerta.

–Fuera de aquí –ordenó ella en un susurro.

Sin embargo, Athan no se movió. Aunque tenía el corazón aplastado bajo un peso de hierro, todavía le quedaba algo por decir.

–Eso es lo que vas a hacer tú. Abandonarás todo lo que te una a Ian Randall. No tiene nada más que ver contigo. Te mantendrás fuera de su vida para siempre. Dale la razón que quieras, pero si no te apartas de él, seré yo quien le dé un buen motivo para dejarte. Le diré que has estado conmigo.

Marisa tragó saliva. Una oleada de náusea la invadió.

–¿Lo comprendes? –inquirió él con dureza–. ¿Te ha quedado claro?

Ella asintió. Sabía que Athan no se iría hasta que no hubiera conseguido su propósito.

Lo que siempre había planeado conseguir...

¡No! No podía pensar en eso. Al menos, todavía, no. Se quedó muy quieta, esforzándose en mantener la compostura.

Athan exhaló. Había hecho lo que debía y ya no le quedaba nada más que decir. Solo podía hacer lo que ella le había pedido, irse.

–Me voy ya.

Entonces, se dirigió a la puerta. Durante un instante, con la mano en el picaporte, se quedó paralizado, como si...

Pero, de inmediato, abrió y salió.

Detrás de la puerta, Márisa se quedó paralizada. Luego, muy despacio, se dejó caer sobre el sofá.

Muerta de dolor.

Athan recorrió el pasillo, sin atreverse a pensar ni a sentir. Sabía que, si daba rienda suelta a sus sentimientos, la devastación sería más terrible que una bomba nuclear.

Bajó y llamó a su chófer para que fuera a recogerlo.

Ya había terminado todo.

Marisa no volvería a estar a su lado, no volvería a tenerla entre sus brazos, ni a pasear con ella por la playa.

No volvería a verla bajo las estrellas, con su hermoso cuello de cisne arqueado para mirar al cielo, mientras él le señalaba las constelaciones. Ni sentiría un arrebato de pasión al besarla, tumbándose con ella sobre la arena...

Nunca más tocaría su bello cuerpo desnudo, ni la escucharía gritar de placer...

Agarrando su maleta, Athan cerró con llave todos aquellos pensamientos.

Y salió a la calle, adentrándose en el frío aire invernal.

Marisa estaba haciendo las maletas. Ya tenía una preparada, la misma con la que había vuelto de la playa. Sin pensar abría cajones y sacaba ropas, doblándolas para guardarlas. No le importaba en qué orden meterlas, solo tenía que concentrarse en doblarlas y guardarlas en la maleta. Cada vez que un cajón quedaba vacío, pasaba al siguiente, moviéndose como un autómata.

Luego, metería en una caja el resto de sus cosas, como los adornos que había comprado en Londres, los libros y los CDs.

Todo lo demás se quedaría en el piso, los utensilios de cocina, los muebles, la ropa de cama. Solo iba a llevarse su ropa y sus efectos personales.

Junto con sus recuerdos.

No podía deshacerse de ellos. Los tenía impresos en la mente, con un pegamento imborrable.

Pero eran recuerdos falsos, todos ellos. Falsos porque nunca habían sucedido. El hombre que ella recordaba no había existido nunca en realidad.

Mareada, reconoció que nunca había esperado recibir una noticia así. Había supuesto que, aunque solo hubiera sido una aventura pasajera para Athan, había disfrutado de la pasión y de la compañía lo mismo que ella. Sin embargo, ni siquiera había significado eso para él.

Todo había sido una mentira, desde el principio. Una trampa bien preparada. Falsa desde que lo había visto al salir del ascensor. Su único objetivo había sido dejarla donde estaba en ese momento: lejos de la vida de Ian.

No había marcha atrás y Marisa lo sabía. Nunca volvería a verse con Ian.

Su esposa era hermana de Athan...

Ella no se lo habría imaginado ni en un millón de años. Y era obvio que, para Ian, no había sido necesario comunicarle que su esposa era la hermana de Athan Teodarkis, porque eso no hubiera significado nada para ella. ¿Por qué iba a haber sido de otro modo?

Pero no importaba, se dijo, agotada. Daba lo mismo quién fuera quién. Lo único que importaba en ese momento era que Athan Teodarkis, el hermano de la esposa de Ian, sabía lo de su relación con Ian.

¿Por qué Athan no se había enfrentado a ella desde el principio?, se preguntó angustiada. Podía haberlos amenazado con delatarnos. ¿Por qué había tenido que llevar a cabo un plan tan elaborado?

La respuesta estaba clara, por desgracia. El método que Athan había elegido había sido mucho más efectivo y seguro.

Él había conseguido su objetivo. No vería más a Ian. No podía hacer nada más. Nada...

El interfono en la mesa de Athan sonó varias veces. La voz de su secretaría sonaba azorada.

–Señor, lo siento mucho. ¡Es el marido de Eva! Insiste en verlo. Le he dicho que tiene una reunión dentro de diez minutos, pero...

–No pasa nada. Dile que pase –indicó Athan, no demasiado sorprendido por la visita de su cuñado. Había previsto que Ian Randall no iba a resignarse a perder a su amante con tanta facilidad.

Era comprensible, teniendo en cuenta que Marisa Milburne era una mujer apasionada y hermosa.

Tragando saliva, Athan apartó esa idea de su mente y trató de mantener su aspecto impenetrable, habitual en los últimos días. Sus ojos se endurecieron. No consentiría ninguna debilidad, ni por su parte ni por parte de su cuñado.

Ian parecía agitado cuando entró.

–Athan... ¿de qué diablos va todo esto? Neil Mackey dice que la orden viene de ti, pero no entiendo. ¿Por qué quieres que trabaje en tu sede de Atenas?

Athan se recostó en su silla, con aspecto indiferente.

–Es hora de que cambies de escenario. Es un ascenso, Ian. ¿No te complace?

–Vamos, Athan, no tenías por qué ascenderme –repuso Ian con incredulidad–. Es por Eva, ¿verdad? Crees que ella prefiere volver a Atenas.

–La felicidad de Eva es muy importante para mí –afirmó Athan, mirándolo a los ojos con severidad–. Nunca lo olvides. Después de todo, permití que se casara contigo porque eso la hacía feliz.

Su cuñado enrojeció.

–Y no me perdonas que me haya casado con ella, ¿no es así?

–Siempre que no le hagas daño ni la hagas infeliz, puedo tolerarte.

Con frialdad glacial, Athan contempló cómo el otro hombre se quedaba pálido. Un hombre que había utilizado su encanto y su atractivo para seducir a su hermana y para casarse con ella. Y, solo dos años después de la boda, intentaba serle infiel.

En silencio, maldijo para sus adentros. Maldijo a su cuñado por su engaño. Y se maldijo a sí mismo, por haber utilizado la misma estrategia traicionera con otra mujer.

–¿Puedes tolerarme? –dijo Ian, sacándolo de su callada letanía de maldiciones–. Es muy amable por tu parte. Pero tal vez esté cansado de tu tolerancia. Cansado de ser el marido de la hermana del jefe, de que me envíes a la otra punta del globo para pasar unas vacaciones con mi mujer y tenerla contenta –le espetó, dando un paso al frente–. Tal vez, es hora de que sepas que puedo vivir sin tu tolerancia y sin tu amabilidad.

–Yo creo que vas a hacer exactamente lo que yo te ordene –replicó Athan, haciéndole pedazos con la mirada–. A no ser que quieras que le hable a Eva de Marisa Milburne.

Ian Randall se quedó petrificado.

–¿Cómo diablos sabes lo de Marisa?

–No me tomes por tonto. La has instalado en un piso en Holland Park.

–Eres un cerdo. Me has estado espiando.

–Como te he dicho, no soy ningún tonto –repuso Athan con tono cáustico.

–¿De veras crees que es buena idea hablarle a Eva de ella?

–No hará falta –contestó Athan, sin dejar de mirarlo a los ojos–. Marisa Milburne ya no está en tu piso.

–¿Qué?

–Ya me has oído. Se ha ido –repitió él–. Es posible que haya encontrado otro amante rico que la mantenga.

Ian se quedó congelado. Una extraña expresión se dibujó en su rostro. Despacio, se giró y se dirigió a la puerta. Pero, antes de irse, se volvió hacia él con el rostro pétreo.

–Tendrás mi dimisión mañana a primera hora.

Dicho aquello, salió del despacho.

Athan estuvo a punto de perseguirlo para zarandearlo. No pensaba que fuera capaz de dimitir. Su empleo estaba demasiado bien pagado. Y si dejaba su puesto, sin duda, Eva se enteraría e intervendría. Sabía que su hermana se disgustaría al saber que su marido y él no se llevaban bien.

Cabizbajo, Athan se sentó. ¿Qué más daba lo que hiciera Ian? ¡Maldito tipo!

Si no hubiera sido por la poca moral de Ian Randall, él no se habría visto obligado a implicarse con Marisa Milburne. Y no estaría pensando en ella cada minuto.

Su recuerdo lo atormentaba sin remedio. No podía hacer nada para arreglar las cosas, nada. Tenía que aceptarlo. Había elegido una estrategia para impedir que su débil cuñado cayera en las redes de una mujer tan bella y estaba pagando el precio por ello.

Aunque nunca había podido prever unas consecuencias semejantes. Ni había imaginado que sentiría algo parecido.

Se sentía... timado. Por una mujer que no solo había sido fácil de seducir, sino imposible de olvidar. Una mujer increíble.

Pero no tenía sentido sentirse así. Él había sabido lo que se había traído entre manos cuando había ejecutado su estrategia. Y había logrado su objetivo. Su misión había terminado.

Lo malo era que seguía deseándola. No quería que lo suyo acabara. Quería volver a tenerla.

Aunque no podía. La había seducido para apartarla de Ian, nada más. No lo había hecho por sí mismo, sino por Eva,

Malhumorado, se quedó mirando al frente, imaginando que estaba en la playa y no en su despacho, rodeado de palmeras, ante el mar color turquesa. Con Marisa.

Su recuerdo estaba siempre con él. Atormentándolo.

Despacio, Marisa salió del taxi y pagó al conductor. Era una gran cantidad de dinero. Antes de haber conocido a Ian, nunca habría soñado con tomar un taxi desde la estación de tren. Habría esperado al autobús, que hacía cuatro trayectos al día para ir a su pequeño pueblo. Sin embargo, en ese momento, podía permitirse el lujo de tomar un taxi... todo gracias a Ian.

Pero no debía pensar en Ian. Él pertenecía a un mundo distinto del suyo. Athan Teodarkis le había hecho abrir los ojos de una forma brutal.

Con un escalofrío, caminó hasta su casa, que tenía un aspecto viejo y descuidado. El jardín estaba abandonado, con restos de hojas del otoño.

Suspirando, se dirigió a la entrada con las maletas y abrió la puerta chirriante del jardín. Cuando entró en la casa, la recibió un profundo olor a humedad. Hacía más frío dentro que fuera. Con otro escalofrío, dejó las maletas y se fue a la cocina. Estaba tan oscuro dentro que, a pesar de no ser de noche, tuvo que encender la luz eléctrica, que no hizo más que resaltar el polvo de la cocina y las moscas muertas junto a la ventana.

La depresión se cernió sobre ella como un peso muerto. Como un autómata, fue llevando a cabo las tareas necesarias para hacer habitable la casa. Encendió la nevera y guardó la comida que había comprado de camino, encendió la chimenea, quitó el polvo de las mesas. Así, manteniéndose ocupada, quizá podría no pensar en lo inhóspito de su casa y en lo desolado de su corazón.

Pensando en lo vacío que estaba su antiguo hogar, no pudo evitar recordar a su madre, cuya ausencia sentía en cada esquina. Echaba de menos también a Ian, a quien ya no podría volver a ver.

Y le dolía el corazón por algo más... algo que no se atrevía a nombrar.

Abrumada por tanto dolor, con un nudo en la garganta, se dejó caer en una de las sillas de la cocina y apoyó la cabeza entre los brazos. Empezó a sollozar, dejando que la atravesaran los sentimientos que ardían en su interior, como agujas que se le clavaban una y otra vez. Una mezcla de preguntas y acusaciones la atormentaba.

«¿Cómo me pudo hacer algo así? ¿Cómo caí en la trampa con tanta rapidez? ¿Por qué me duele tanto?»

No entendía nada.

Consumida por la angustia, se preguntó por qué

Athan no se había limitado a enfrentarse a ella al principio y advertirle que no debía ver más a Ian, de forma honesta y directa.

Sin embargo, lo había hecho al final, después de todas aquellas dulces palabras y falsas sonrisas.

Y todos esos falsos besos...

Marisa levantó la cabeza, contemplando la cocina. En el pasado, había sido un lugar familiar para ella. Sin embargo, en ese momento, le parecía un sitio extraño. Lo que veía ante sus ojos no eran sus sucios azulejos ni sus viejos electrodomésticos. Solo recordaba...

Un paisaje hermoso bajo el sol, junto a aguas azules, la arena bajo los pies y el corazón lleno de felicidad.

¿Cómo era posible que Athan le hubiera hecho el amor y la hubiera tomado en sus brazos, solo como parte de una fría estrategia para separarla de la vida de su cuñado?

La había engañado desde el comienzo, se dijo, mientras gruesas lágrimas rodaban por sus mejillas. La había mentido sin ninguna piedad.

Mentiras, solo mentiras. Su sonrisa había sido falsa y sus besos, también. Le había hecho el amor como parte de su teatro.

Marisa se puso en pie de un salto, como si así pudiera quitarse de la cabeza aquellos pensamientos, su furia y su angustia. Nada podía cambiar lo que había sucedido. Era como si se hubiera tragado una serpiente venenosa que la estaba mordiendo por dentro, inyectándole el veneno en la sangre.

Rabiosa, caminó por el pasillo, agarró las maletas y subió las escaleras hasta su dormitorio. Hacía un frío helador en el piso de arriba y seguía notándose la humedad. ¿Pero a ella qué más le daba? Ya nada parecía importante.

¡Athan podía irse al infierno y quedarse allí para siempre!, pensó.

Poco a poco, su dolor fue convirtiéndose en odio, con un solo objetivo: Athan Teodarkis.

Capítulo 5

ATHAN, ¿qué está pasando? ¿Qué sucede?
La voz de Eva al otro lado de la línea telefónica sonaba llena de ansiedad y preocupación. Él maldijo para sus adentros.

–Ian no quiere contármelo. Os habéis peleado, ¿verdad? Sé que sí.

Tomando aliento, Athan trató de hablar con la mayor calma posible, para tranquilizar a su hermana.

–No quiero que te preocupes...

–¿Cómo no voy a preocuparme? –lo interrumpió ella–. ¡Me va a dar algo! Mi marido llega a casa y me dice que va a dimitir, que no quiere trabajar más para ti. ¿Qué le has dicho? ¿Por qué está actuando así?

Athan apretó el auricular, tenso. Ian estaba haciéndose la víctima delante de su esposa y todo porque su sucio intento de adulterio había sido descubierto. Pero no podía dejar que Eva supiera eso de ninguna manera. Para protegerla a ella, tenía que ocultar el sórdido secreto de su cuñado.

–Eva, no es como tú crees. Fue una decisión mutua –mintió él–. Ian me ha explicado que hace tiempo que quiere dejar este trabajo.

–¿Pero por qué? ¡Estaba tan contenta de que hubieras decidido confiar en él y ofrecerle ese puesto!

Athan miró al techo con desesperación. Por suerte,

su hermana no podía ver su cara. No le había dado el empleo a Ian Randall porque hubiera confiado en él, sino para tenerlo cerca y poder vigilarlo. Y, si su cuñado pensaba que iba a poder evadir su vigilancia dimitiendo, estaba muy equivocado, se dijo, apretando los labios.

–Supongo que se ha sentido un poco abrumado –indicó él con voz suave, para calmarla–. Es natural que quiera probar suerte por sí mismo. Incluso podría ser que alguna empresa ande detrás de él para contratarlo. Después de todo, haber trabajado en Teodarkis le ha proporcionado un buen currículum. Se pelearán por él.

Sus esfuerzos por aplacar a su hermana y convencerla de que Ian y él no se habían peleado empezaban a funcionar. Eva parecía estar tranquilizándose.

–Bueno, supongo que sí –repuso ella con voz más firme–. Tenía miedo de que hubiera dejado el puesto porque os hubierais peleado. Ya sabes que te admira mucho, Athan –añadió con voz triste–. Solo quiero que os llevéis bien los dos.

Athan no dijo nada. Había cosas sobre las que no podía mentir. Pero tampoco podía confesarle que nunca se llevaría bien con Ian. Su hermana se merecía algo mejor que ese tipo de tan poco fiar.

Por otra parte, no tenía ni idea de qué haría su cuñado. Le había asegurado a su hermana que no le costaría encontrar trabajo, pero la verdad era que lo dudaba mucho. Sabía bien que, en el mundo profesional, todos pensaban que su alto cargo en la compañía Teodarkis solo obedecía a que estaba casado con la hermana del jefe. No encontraría otro puesto similar en ninguna parte. Pronto, Ian se iba a arrepentir de su desplante, pensó, sonriendo. E iba a ser una delicia re- cibirlo cuando se arrastrara ante él suplicándole recu- perar su empleo.

Mientras tanto, Ian Randall podía hacer lo que qui- siera.

Menos una cosa.

No le dejaría acercarse a Marisa Milburne.

Por el momento, no lo había hecho y Athan pen- saba asegurarse de que siguiera así.

Además, mientras buscaba trabajo, al menos, Ian estaría ocupado y ni siquiera pensaría en ella, caviló con un suspiro.

Sin embargo, Athan no tenía la misma suerte. No conseguía dejar atrás su recuerdo. Todo había termi- nado... pero su mente no se resignaba a aceptarlo.

¿Dónde estaría ella en ese momento?, se preguntó, mirando absorto las vistas de Atenas desde la ventana de su despacho. Marisa se había marchado de Londres y del piso que Ian le había estado pagando. Eso era todo lo que sabía y lo único que debía importarle.

¿Habría encontrado otro hombre? ¿Tendría un nuevo amante?

La idea lo atormentó como un cuchillo en el pecho. Se la imaginó entre los brazos de otro, en su cama...

¡No podía seguir así!, se reprendió a sí mismo. Ella no era nadie para él. Y no debía importarle si había encontrado a otro o no.

Cabizbajo, abrió el mueble bar, pensando que un trago le daría consuelo.

Necesitaba otra mujer.

La crudeza de su pensamiento lo sorprendió. Pero sabía que no había otro modo de sacarse a Marisa Mil- burne de la cabeza. Debía reemplazarla, se dijo, res-

pirando hondo. ¿Por qué no empezar en ese mismo
momento? Podía dedicarse a salir todas las noches,
eso sería una buena idea. Mejor que darse al alcohol.

Cerrando el mueble bar, salió de su despacho.

Una hora después, se había vestido de etiqueta y
estaba charlando en una concurrida fiesta. Al menos,
tres mujeres, todas muy hermosas, estaban compi-
tiendo por su atención, mientras él no quería favorecer
a ninguna sobre las demás. En realidad, ninguna de
ellas le interesaba lo más mínimo. Ni siquiera, después de la segunda copa de champán.

Inquieto, miró a su alrededor, esperando con desesperación que alguien lo cautivara. Pero ni una sola de
todas las féminas allí reunidas captó su atención.

–... en el Caribe...

Aquel fragmento de conversación lo sacó de sus
pensamientos. Una morena voluptuosa con labios
carnosos y un cuerpo de vértigo estaba hablando sobre un crucero. Había hecho una pausa, esperando
que Athan dijera algo, pero él ni siquiera la estaba
viendo...

En su lugar, estaba viendo a Marisa, acurrucada a
su lado en la playa, tomando un cóctel con él mientras
el sol bajaba en el horizonte. Su cuerpo era suave y
cálido. Su pelo parecía de seda, mientras él lo rozaba
con los labios y la apretaba contra su pecho...

La dulzura de su contacto despertaba de nuevo el
deseo, envolviéndolos en las llamas de la pasión. Ella
le ofrecía su boca y él se sumergía en ella...

–¿Qué te parece?

La pregunta volvió a sacarlo de su ensimismamiento y tuvo que hacer un esfuerzo para centrarse en el presente.

–¿Un crucero por el Caribe es buena idea? ¿O son mejores unas vacaciones en tierra firme?

–Supongo que depende de si te mareas o no –contestó él con una media sonrisa.

–Oh, yo me mareo mucho –señaló una de las tres mujeres, comiéndose a Athan con los ojos–. Hay tantas islas bonitas. ¿Cuál nos recomiendas? ¿San Bart? ¿Martinica? ¿Barbados?

Athan respondió cualquier cosa al azar. Sus pensamientos estaban muy lejos de allí, al otro lado del océano, en la única isla del Caribe que significaba algo para él. Santa Cecilia, el lugar donde había estado con Marisa.

De pronto, le sobresaltó un pensamiento fugitivo. Y firme.

Quería recuperarla.

Así de simple.

«No me importa quién sea, lo que fuera para Ian, lo que hice ni por qué lo hice. Quiero recuperarla. No me importa lo difícil que sea», pensó.

Al fin, Athan lo había admitido. Había reconocido la verdad que había estado intentando negar desde que había salido del piso de ella.

Sin embargo, su deseo era imposible. Estaba fuera de lugar. ¡Era una completa locura!

Tenía que sacársela de la cabeza a toda costa, se repitió a sí mismo, posando los ojos en las bellas mujeres que lo rodeaban. Había acudido a esa fiesta de la alta sociedad griega, donde era un rostro conocido, con un objetivo claro. Necesitaba encontrar a otra mujer que le hiciera olvidar. El problema era que no le gustaba ninguna.

Todas estaban muy arregladas, con caros vestidos, brillantes joyas, perfectos peinados y manicuras. Pero ninguna lo atraía.

Marisa era la única mujer a la que deseaba, aunque estuviera envuelta solo en una toalla, sin maquillaje y con una cola de caballo.

Con un suspiro, volvió a unirse a la conversación. Las mujeres que lo rodeaban no tenían la culpa de no resultarle atractivas. Lo menos que podía hacer era ser cortés con ellas.

Así, llegó al final de la velada y, tras despedirse, se fue a su casa. Allí, se asomó al balcón, respirando el aire de la cercana primavera, tratando de ordenar su caótica mente.

De acuerdo, razonó, tenía que ser sincero. Quería a una mujer que no podía tener. Era imposible porque eso pondría en peligro a su familia, al amenazar el matrimonio de su hermana. Tener una relación con la persona que había estado a punto de destruirlo era algo impensable.

Sin embargo, cuando había intentado distraerse con otras féminas, había comprobado que no era capaz. Por eso, solo había una solución. No le gustaba demasiado, pero no había más opciones. Solo le quedaba el celibato.

La abstinencia.

Tomando aliento, pensó que le costaría bastante, pero no podía hacer otra cosa. De alguna manera, necesitaba librarse de la influencia que Marisa Milburne había tenido en él y convertirse en un monje le parecía el único método efectivo.

Además, tendría que entretener su mente en otra cosa para no pensar en ella ni recordarla.

Se centraría en el trabajo, decidió.

Desde el balcón se quedó mirando absorto a lo lejos, a la vieja acrópolis con las ruinas del Partenón, el templo de Atenea. Era la diosa virgen de la sabiduría y la fortaleza, patrona de Atenas.

Eran dos cualidades que él iba a necesitar. Y mucho.

Marisa observó cómo el coche azul oscuro se alejaba de su casa, por la carretera que conducía a Devon y a la autopista de Londres. Tenía el corazón desgarrado, pero sabía que había hecho lo correcto. Aunque Ian le había implorado que volviera, ella se había mantenido firme.

Había tenido que hacerlo. Había tenido que convencerlo que no podía seguir formando parte de su vida.

A pesar de que Marisa le había rogado que no fuera a verla, Ian se había presentado allí esa mañana. Él se había mostrado destrozado porque se hubiera ido de Londres y le había rogado que volviera, que cambiara de idea.

Sin embargo, ella no podía. Gracias a Athan Teodarkis, eso era imposible. Impensable.

Lo único que podía hacer era regresar a su viejo hogar, a su vieja vida. Allí, al menos, podía esconderse. Solo quería ocultarse, de todo y de todos. Había sido muy difícil enfrentarse con Ian allí, pero sabía que había sido necesario para convencerlo de lo inamovible de su decisión. Por eso, él se había ido.

Cuando vio desaparecer su coche tras una curva lejana, Marisa cerró los ojos, sintiendo un cierto alivio. Lo cierto era que su corazón era presa de un mar de emociones contradictorias. Sin querer pensar demasiado, entró en su casa, se puso las botas y el abrigo y salió por la puerta trasera.

Había un camino desde el jardín hacia el bosque y la montaña. Era un día nublado y ventoso, con algunas gotas de lluvia que caían ocasionalmente. Pero el tiempo era lo de menos. Lo que Marisa necesitaba era salir de casa. El paseo le era muy familiar. Lo había hecho muchas veces, sola o con su madre. Siempre le había servido para refrescarse. Por alguna razón, ese paisaje le ayudaba a descargarse de sus preocupaciones y angustias.

Así que emprendió la marcha por el terreno salvaje, al aire libre, por el sendero serpenteante que apuntaba a la montaña de granito que se erguía a lo lejos.

Caminó durante una hora y, al fin, llegó a su destino, la roca donde siempre solía sentarse, desde donde se veían los prados y la vasta llanura. El viento le soplaba con fuerza en la cara, trayendo gotas de lluvia. Pero ella ya tenía el rostro mojado por las lágrimas.

Tenía mucho por lo que llorar. Por su madre, que había tenido que vivir sin el amor y la felicidad con los que había soñado.

Marisa había tenido los mismos sueños y esperanzas que su madre y los había visto truncados hacía pocos días.

Habían sido vanas ilusiones, era cierto. Nunca debía haber pretendido ser parte de la vida de Ian.

Su madre le había advertido sobre el amor, pero Marisa no había querido creerla. Antes que ella, había sufrido el rechazo y el desengaño y, por eso, se había refugiado en esa tierra solitaria y austera.

Y, en el presente, ella estaba sintiendo lo mismo que su madre.

Llevaba días intentando asimilar lo que le había hecho Athan y aceptar que él no era el hombre que ella había creído.

El verdadero Athan Teodarkis era alguien cruel, brutal, letal. Así era como tenía que verlo. Debía ignorar los sueños que la asaltaban por la noche y los recuerdos que la atormentaban.

Levantando la cara al viento, Marisa dejó que la lluvia la empapara. Estaba acostumbrada al clima y a que los elementos la castigaran. Era eso, en realidad, lo que quería.

Había sido una tonta, ingenua y confiada, se reprendió a sí misma. Y se había enamorado de un hombre mentiroso y cruel...

Lo mismo que había hecho su madre.

Ese pensamiento la hizo contener la respiración. Cerró los ojos, estremecida por el dolor del reconocimiento.

Su madre había sido una tonta y había esperado que sus sueños se hicieran realidad. Su error había sido confiar en un hombre que se había reído de ella.

Igual que Athan había hecho con Marisa...

El dolor la atravesó. Intentó mantener la calma, esperar que pasara. Era lo que llevaba haciendo desde hacía días, cada vez que recordaba aquella horrenda conversación de despedida, en la que él había reconocido que todo había sido una trampa para separarla de Ian.

El viento se llevó las nubes grises y el sol brilló so-

bre su cabeza mojada. Sin embargo, su calor apenas
podía calentarla.

No tenía nada que ver con el sol fuerte y cálido del
Caribe, cuando la inundaba mientras charlaba con
Athan. O cuando se filtraba por las ventanas del bun-
galow, mientras hacían el amor después de comer...

Con fuerza de voluntad, Marisa trató de quitarse de
encima el peso del dolor. Dejó que fuera más fuerte la
vergüenza por haber caído en aquella trampa. Se mirara como se mirara, Athan la había mentido desde el
principio y nada de lo que había hecho había sido
cierto.

Poniéndose en pie, se quedó mirando las ruinas de
un poblado de la Edad de Bronce que se veían a lo lejos. Era un paisaje familiar para ella.

Se preguntó cómo habrían sido las vidas de la gente
que, hacía miles de años, había vivido allí. Habrían
amado, trabajado y muerto... Sin embargo, lo único
que quedaba de ellos era un puñado de piedras.

«Mi vida será así algún día. Ni siquiera dejaré una
sombra sobre la tierra. Por eso, ¿qué importa que esté
dolida, humillada, angustiada o furiosa? Pronto, el dolor pasará y no sentiré nada».

Tal vez, en algún momento, eso mismo le había pasado a su madre. Habría llegado un tiempo en que el
hombre que tanto daño le había hecho había dejado de
tener el poder de herirla, adivinó.

Despacio, Marisa emprendió el camino de bajada.
El viento se había suavizado y traía el aroma de la primavera cercana. Pronto, el invierno terminaría.

Lo único que necesitaba era tiempo, reflexionó.
Athan terminaría siendo solo un mal sueño y ella podría seguir con su vida. Aunque no tenía ni idea de

qué iba a hacer. Cuando había partido hacia Londres, había creído que su vida iba a comenzar... pero allí estaba estancada de nuevo, sin ninguna perspectiva de futuro.

¡Encontraría algo a lo que dedicarse!, se dijo con resolución. Con paso más firme, tomó el sendero que conducía a su casa. El sol se estaba poniendo y quería llegar antes de que oscureciera. Pero, cuando estaba cerca, se quedó paralizada.

Había un coche aparcado delante de la entrada. Por un instante, pensó que igual Ian había vuelto, a pesar de que ella se había negado a acompañarlo a Londres. Sin embargo, era otro coche distinto. Incluso en la penumbra, se notaba que era de otro color.

Pero, hasta que se abrió la puerta del conductor, no se dio cuenta de quién era...

Athan bajó del vehículo donde llevaba media hora esperando. Mientras Marisa se acercaba, se aseguró de mantener sus emociones bajo control. Desde que había recibido la temida llamada de su detective privado, no había hecho más que mantener sus sentimientos a buen recaudo. Como un niño goloso detrás de una bolsa de caramelos, Ian no había podido resistir la tentación y había hecho lo que él había temido.

El detective le había dado los detalles de localización que necesitaba para llegar hasta allí. Aunque había más cosas que quería saber...

Marisa se acercó. Desde luego, tenía agallas, le concedió Athan. O, tal vez, fuera la presencia de su amante lo que le infundía valor. Sin embargo, no había ni rastro de Ian por allí, ni de su coche.

—¿Dónde está? —inquirió él.

—Se ha ido —contestó ella. Sabía muy bien a quién se

refería. Sus espías debían de haberlo estado siguiendo–. ¿Acaso no te lo han comunicado tus sabuesos?

Athan apretó la mandíbula. No, los detectives no le habían informado de eso. Les había dicho que fueran discretos y, tal vez, lo habían sido demasiado. En cualquier caso, una cosa estaba clara. A pesar de sus advertencias, Ian Randall había ido a verla como un perro en celo.

Cuando él comenzó a acercarse, Marisa se encogió, pero no retrocedió.

Un torbellino de emociones contradictorias la agitaba. Athan estaba allí. ¡Delante de ella! Había creído que no iba a volver a verlo.

Pero no debía olvidar que él estaba allí por una sola razón. Porque Ian había ido a verla. Por eso, Athan la miraba con gesto acusatorio e implacable.

–Ya puedes irte por donde has venido –le gritó ella alto y claro–. Él no está aquí.

Athan la miró con desconfianza y expresión furiosa.

–Pero ha venido de todas maneras.

–Y ya se ha ido, por el bien de todos –repuso ella, levantando la barbilla.

–¿Le has contado lo nuestro?

–Claro que no –contestó ella con gesto de burla.

Claro. Era obvio que a ella no le interesaba que supiera lo fácil que le había resultado seducirla, pensó Athan, sonriendo con amargura.

–Tengo que hablar contigo –indicó él, señalando a la casa–. Y no aquí –añadió. Su ropa de diseño italiana no estaba preparada para una fría noche en el bosque.

–No tengo nada que decirte –aseguró ella con furia.

—Pero yo sí tengo algo que decirte a ti —replicó él y su expresión cambió un poco—. Pareces helada.

Durante un segundo, Marisa se quedó sin aliento. Había percibido un tono de preocupación en la voz de él.

El mismo que había tenido cuando le había hablado en...

No, se dijo Marisa, obligándose a ver la realidad. Athan había mentido desde el principio, con cada palabra, cada caricia, cada gesto. No podía olvidarlo.

Tiritando, reconoció que él tenía razón. Estaba helada.

Se acercó a la puerta y abrió con su llave. Él la siguió.

Marisa no quería tenerlo en su casa. No quería tenerlo cerca.

¡Era un mentiroso!

Intentando reunir todo su autocontrol, Marisa se recordó a sí misma que no debía darle importancia. Aquel hombre no era nadie para ella.

Le dejaría que dijera lo que tuviera que decir y lo mandaría al diablo, pensó ella y se fue a la cocina. Se quitó el abrigo, azuzó el fuego del hogar y puso el agua de la tetera a hervir. Mientras, trataba de asimilar el hecho, bizarro e imposible, de que Athan Teodarkis estuviera allí sentado a la mesa.

Aquel hombre, capaz de derretirla con solo tocarla, con una sonrisa... estaba en su casa.

El mismo hombre que la había engañado desde el comienzo.

—Dijiste que querías decir algo —señaló ella tras tomar aliento—. Hazlo y vete.

Athan volvió la vista hacia ella. Había estado mirando a su alrededor y le había sorprendido lo pobre que era la casa. No era de extrañar que lo que Ian le había ofrecido hubiera sido tan tentador, pensó. Si provenía de un lugar como ese, Marisa debía de haberse sentido deslumbrada por el mundo de lujo que su pretendiente había puesto a sus pies.

Al posar los ojos en ella, no pudo evitar deleitarse con su belleza, como un hombre sediento en el desierto. Aun sin una gota de maquillaje siquiera, con el pelo mojado y despeinado y unas ropas horribles, seguía haciendo que se le acelerara la sangre.

—¿Y bien?

—¿Necesitas dinero? —preguntó él de golpe. No había sido eso de lo que había querido hablarle pero, al ver aquel lugar tan pobre, las palabras habían salido de su boca sin pensar.

—¿Qué?

—Mira, tengo ojos. Me doy cuenta de que el estilo de vida que llevabas en Londres no tiene nada que ver con esto. Si necesitas algo por el momento, puedo...

Marisa no le dejó continuar. Dejó la taza de un golpe sobre la mesa.

—¡No! ¡No quiero tu asqueroso dinero! —exclamó ella, lanzándole puñales con la mirada.

—Solo era una oferta, nada más —repuso él—. Seguro que Ian se encargará de que no te falte nada.

—Para tu información, Ian ya no me ayuda económicamente —le espetó ella con tono helador.

—Me alegro —señaló él—. De todas maneras, mejor para él, porque se ha quedado sin empleo —añadió y, cuando ella abrió la boca, alzó la mano para callarla—. No, no he sido yo. Dimitió. ¿No te lo ha dicho?

—No. Pero... ¿por qué? —quiso saber ella, pálida.

–Quiere cortar ataduras conmigo, ser independiente
–respondió él con tono sarcástico–. Pero no lo pienso
consentir. Por eso lo he seguido. No quiero que crea
que ahora es libre para volver contigo.

–Bueno, tú te has encargado de que no sea así.
¿Cómo voy a mirarlo a la cara sabiendo lo que su cuñado me ha hecho?

–Estoy de acuerdo –indicó él con tono más suave–.
Bueno... ¿ha aceptado que no quieres volver a verlo?
¿Se lo has dejado claro?

–Sí –afirmó ella, fingiendo frialdad. Por dentro, sus
sentimientos corrían salvajes de un lado a otro.

–Bien –dijo él e hizo una pausa–. En ese caso...
tengo algo más que decirte.

Marisa se quedó mirándolo y, sin poder evitarlo el
corazón se le aceleró. Estaba demasiado cerca. La cocina era demasiado pequeña. Su presencia comenzaba
a ser demasiado poderosa, irresistible...

–Quiero que vuelvas.

Athan lo tenía claro. La idea había cristalizado en
su cabeza esa mañana, antes de que sonara el teléfono
para informarle de que Ian Randall había ido a verla.
Entonces, una certeza se había apoderado de él. No
dejaría que Ian ni que ningún otro hombre le arreba-
tara a Marisa. La recuperaría, por muy imposible que
fuera, se había prometido en ese momento. Conseguiría lo que cada célula de su cuerpo había ansiado
desde la última vez que la había visto.

Por eso, dejándose llevar por el instinto, se había
levantado de su escritorio, había tomado el coche y
había pisado a fondo el acelerador hacia el oeste.

En ese momento, ella estaba allí. Era todo lo que
él quería.

Nadie iba a detenerlo.

–Has salido de la vida de Ian y eso era lo que quería –confesó él y continuó, sin dejar de mirarla–. No me gustó lo que hice, pero tuve que hacerlo. Tenía que proteger a mi hermana de la amenaza que suponías para ella. No hay sitio para ti en la vida de Ian –insistió–. Parece que lo has aceptado y es un alivio, aunque reconozco que he empleado un método muy drástico para conseguirlo. Ahora somos libres... los dos. Podemos hacer lo que he querido hacer desde que te dejé en tu piso al volver de Santa Cecilia.

Dicho aquello, Athan se levantó, se acercó a ella, deslizó una mano bajo su nuca y se inclinó. Ella tenía las mejillas sonrojadas como rosas. La boca entreabierta dulce como la miel.

–Esto –dijo él y se sumergió en sus ojos.

Ella lo miraba embriagada. Con una sensación de triunfo, Athan la besó.

Marisa había soñado con sus besos, los había echado de menos como una adicta. Y, en ese momento, estaba sucediendo. El más delicioso de los placeres...

–Te he echado mucho de menos –susurró él, al separar sus bocas–. No puedo vivir sin ti. Y ahora que no estás con Ian, me he dado cuenta de que puedo volver contigo.

Él iba a besarla de nuevo pero, impulsada por un súbito pensamiento, Marisa se apartó de golpe.

–¿Estás loco? –protestó ella, con la cabeza dándole vueltas. Le ardía el cuerpo. Pero la pasión de hacía unos instantes había cedido, dejando paso a un sentimiento más profundo, a punto de explotar como un volcán–. ¡Me has mentido de principio a fin! Me has manipulado y has jugado conmigo. ¿Cómo puedes pensar que voy a volver contigo después de lo que me has hecho? —rugió, tomando aliento con labios temblorosos—. ¡Fuera! ¡Vete de aquí! He hecho lo que querías, dejar de ver a Ian. ¡Ahora no tienes ningún derecho a venir aquí y atreverte a decirme esas cosas!

—Estás furiosa conmigo. Es comprensible —comenzó a decir él—. Pero...

—¡Fuera! —repitió ella—. No quiero volver a verte. No quiero tener nada que ver contigo nunca más.

—Mentirosa. No puedes negar que sientes lo mismo que yo. ¿Acaso crees que a mí me gustó engañarte? Mil veces deseé que no hubieras tenido nada que ver con mi cuñado y haberte conocido en otras circunstancias —aseguró él e hizo una pausa, su cuerpo cargado de electricidad—. Te mentí cuando me inventé un plan para conocerte, pero nada más fue mentira. Mi cuerpo nunca te mintió.

—¡Vete! —gritó ella, agarrándose a la mesa en busca de sostén—. Quiero que te vayas.

—Marisa, escúchame.

Ella no se sentía capaz de enfrentarse a lo que estaba oyendo. No podía soportar tenerlo allí, proponiéndole esas cosas.

—¡No! No hay nada que pueda hacerme cambiar de opinión. ¿Cómo crees que iba a hacerlo? ¿Tan estúpida me consideras? Después de lo que me has hecho...

Athan meneó la cabeza. Las cosas no estaban yendo como él había previsto. Cuando había ido hasta allí, conduciendo a toda velocidad, solo había tenido una idea en mente. Solo había querido impedir que Ian la convenciera de volver con él. Había ansiado ser él quien la persuadiera, nadie más.

Durante todo el camino hasta Devon, no había podido dejar de pensar que quería que aquella mujer fuera solo para él. Era lo mismo que había deseado desde el primer momento en que la había visto.

—¿Crees que yo quería hacer lo que hice? Pero ya terminó. Es agua pasada.

—Eso es. Terminó. No solo lo de Ian, sino lo nuestro. Por eso, vete ya.

—No lo dices en serio. Si estás esperando que me disculpe por hacer lo que hice, no puedo. No tenías derecho a verte con mi cuñado —señaló él—. Pero, después de ver de dónde provienes, puedo entender la tentación que fueron para ti sus atenciones. Es comprensible que quisieras lograr una comodidad que nunca habías tenido —añadió, mirando a su alrededor en la vieja cocina—. Pero no tienes por qué vivir así, Marisa. Deja que te lleve conmigo. Estábamos bien juntos. Podemos volver a estarlo. Esta vez, sin mentiras, sin secretos.

—Quiero que te vayas —repitió Marisa, esforzándose por controlar sus sentimientos y las reacciones que su cuerpo experimentaba al tenerlo tan cerca—. No quiero tener nada que ver contigo. Y, para tu información, resulta que este es mi hogar. Puede que sea pobre, pero es mío. Aquí vivo y seguiré viviendo. Es mi lugar —afirmó. Y era cierto, lo había comprendido por fin. El lujo que Ian le había regalado no formaba parte de su mundo—. Vete.

Marisa esperó que se fuera pronto. Antes de que ella se derrumbara y se rindiera a la tentación de echarse a sus brazos y actuar como si nada hubiera pasado.

Él se quedó callado, sin moverse. Su rostro era impenetrable.

–Entiendo. Me lo has dejado muy claro. Está bien. Me voy.

Sin embargo, durante un instante interminable, no se movió.

–Te deseo lo mejor, Marisa –añadió él con mirada indescifrable. Entonces, se dio media vuelta y salió de la cocina.

Marisa se quedó paralizada. Esperó escuchar el sonido de la puerta y el coche, primero arrancando y, luego, alejándose.

Se había ido.

Poco a poco, parpadeó. Y cada vez más rápido, las lágrimas comenzaron a inundarle la cara.

Athan pisó a fondo el acelerador. Quería alejarse de allí lo antes posible. Había ido como el rayo, impulsado por el demonio de los celos. A la vuelta, otro demonio lo impulsaba, mucho peor que el anterior.

La había perdido.

Aquel pensamiento lo aplastó como una piedra gigante. A su alrededor, solo veía oscuridad.

La noche invernal era un fiel reflejo de su corazón.

Capítulo 6

MARISA estaba limpiando el jardín de malas hierbas. Al fin, había llegado la primavera, pensó, sintiendo el sol en la espalda.

Canturreó una melodía que estaba sonando en la radio. Escuchaba mucho la radio esos días. Le hacía compañía.

Un pajarillo se posó a su lado, en busca de gusanos.

Era una vida tranquila, tal como a ella le gustaba.

Habían pasado semanas desde que Athan se había ido. No sabía cuántas. Los días se habían sucedido uno tras otro, marcados por los avances de la primavera. Un día eran las prímulas, floreciendo con timidez, otro día las caléndulas llenas de polen. Otro, las primeras ramas verdes en el árbol que había estado desnudo.

Era lo único que Marisa quería en ese momento.

Apenas salía de casa. Había acordado un servicio de entrega a domicilio con el supermercado, que le llevaba comida de forma semanal. A veces, cuando escuchaba acercarse al tractor del vecino, se metía en casa. No le apetecía ver a nadie.

Era como si estuviera hibernando. No quería pensar en nada. Cuando trabajaba en el jardín, podía sentir la presencia de su madre, contenta porque su hija estuviera de nuevo en su hogar, en el oasis que se había construido para refugiarse del mundo y del hombre que la había rechazado.

A Marisa se le contrajo el rostro al pensar que su historia era diferente porque Athan no la había rechazado. Eso era lo peor de todo. Después de lo que le había hecho, seguía queriendo estar con ella.

¿Acaso había pensado que ella iba a poder olvidarlo sin más, actuar como si nada hubiera pasado? Al parecer, sí. Athan había asumido que podía seguir acostándose con ella...

Cavando más hondo con la azada, Marisa intentó no pensar en eso. Se topó con una raíz de grama y la sacó, pues sabía que, si no, la mala hierba brotaría.

Sus pensamientos sobre Athan eran así también. Y los recuerdos. Debía extirparlos de su mente para impedir que volvieran a florecer.

Sin embargo, un mar de preguntas la inundaba. Y no tenía respuestas para ellas. De pronto, se arrepintió de no haber hablado con su madre de ciertas cosas.

¿Cuánto tiempo había tardado en recuperarse de la ruptura con su padre? ¿Cuánto había necesitado para sacárselo de la cabeza y del corazón?

¿Había conseguido superarlo? Esa era la pregunta que más temía.

Porque, a pesar de todo lo que ella hacía para distraerse con el jardín y los paseos, no estaba dando resultado.

Estaba cansada de esforzarse de continuo en controlar sus pensamientos. Ya era hora de que empezara a olvidarlo, se dijo. ¿Por qué le costaba tanto usar la cabeza para mantener a raya el corazón?

Al instante, esa idea hizo que Marisa se quedara petrificada. De pronto, dejó de ver lo que la rodeaba.

Con un nudo en la garganta, trató de convencerse a sí misma que el corazón no podía tener nada que ver con eso.

Porque si era así...

Antes de que cerrara los ojos, un pajarillo se acercó y, como un rayo, agarró un gusano con el pico, huyendo con su presa.

No podía ser su corazón, repitió para sus adentros, llena de pánico. No lo amaba. ¡No lo amaba!

Athan apenas podía prestar atención a la conferencia a la que había acudido. Fingía que estaba escuchando por cortesía hacia el orador, un experto en finanzas, pero su charla no le estaba resultando de ningún interés.

Era el tercer día de un congreso y él no se había perdido ninguna de las exposiciones. Así, podía distraer un poco sus pensamientos.

Lo cierto era que estaba obsesionado. No podía dejar de pensar en ella.

La había perdido.

Y se sentía hundido.

¿Pero cómo había sucedido? ¿Qué era lo que había hecho mal? Él lo sabía. Había ido a verla a aquel agujero impulsado por los celos y se había topado de bruces con su rechazo. Marisa no quería tener nada más que ver con él.

¿Acaso había esperado que, después de haberla engañado y manipulado, ella lo recibiría con los brazos abiertos?

Nunca había tenido ninguna oportunidad de recuperarla. No, después de cómo se había portado con ella.

Entonces, su expresión se endureció. Marisa tampoco era un angelito, se dijo. Ella había recibido encantada las atenciones de un hombre casado. No debía olvidarlo. Aunque otro pensamiento lo asaltó, al recordar la vieja y penosa casa donde vivía. Sin duda, un hábil seductor como su cuñado había sido capaz de tentarla, impresionarla. Ella había caído en su trampa y había preferido ignorar su anillo de casado.

Sin embargo, ¿qué importaba si lo que Athan le había hecho había estado justificado o no? El hecho era que había destruido sus posibilidades de recuperarla. Marisa lo había echado y eso era todo. La había perdido.

La frustración, tan familiar en esos días, volvió a apoderarse de él.

Aunque no podía dejar de darle vueltas a lo felices que habían sido juntos. No sabía cómo ni por qué, pero estar con ella le había resultado fácil, lo más natural del mundo.

Su mente voló a aquellas idílicas vacaciones en el Caribe y a las noches en que había temido el regreso a Londres y el momento de decirle la verdad a Marisa, sabiendo que eso lo destruiría todo...

Así había sido. ¿Cómo podía sentarse a llorar por la leche derramada cuando él había sido el único causante? Tenía que aceptar las consecuencias de sus actos.

Una voz en su interior se abrió paso entre aquel barrullo de pensamientos. Haber salvado el matrimonio de su hermana le había costado un precio demasiado alto, del que nunca se recuperaría. Nunca...

Marisa apagó la radio y aguzó el oído. Se acercaba un coche. Frunció el ceño. No podía ser la furgoneta de reparto del supermercado y por esa carretera no solían circular más vehículos que los pesados tractores de granjas vecinas.

Se bajó de la silla donde había estado subida para pintar la cocina y se dirigió a la puerta. Al momento, una carta entró por debajo. Al abrir, vio al cartero alejándose y le dio las gracias.

Frunciendo el ceño, abrió el sobre con un nudo en el estómago.

Era de Ian.

Querida Marisa, tengo algo que quiero decirte...

Con el estómago encogido, se sentó y se forzó a seguir leyendo. Al llegar al final, se quedó pensando.

¿Podía hacer lo que Ian le pedía?

Tardó todo el día y toda la noche en dar con una respuesta. Al día siguiente, le mandó un mensaje por el móvil. Era la primera vez que se ponía en contacto con él desde que había estado en su casa, hacía alrededor de un mes.

Al instante, Ian respondió con otro mensaje, diciéndole que ya lo había preparado todo. Lo único que ella tenía que hacer era llegar a la estación de Plymouth. Él la estaría esperando en Paddington a mediodía.

Marisa sintió una tremenda reticencia. ¿De veras debía seguir adelante con ello? Miró a su alrededor. La casa tenía mucho mejor aspecto que cuando había llegado. La había limpiado y la había pintado. Fuera, el jardín estaba muy cuidado y floreciente. Los pájaros cantaban con la promesa del verano que se acercaba.

¿Sería buena idea abandonar ese oasis, donde había encontrado algo de paz después de tanto tormento? ¿Sería capaz de ir a Londres y hacer lo que Ian le pedía?

Volver a ser parte de su vida...

Pero él parecía muy seguro de que era el momento.

Al fin, se sentía lo bastante fuerte como para hacer lo que sabía que tenía que hacer. Contar la verdad.

Eso le repitió cuando se sentaron juntos en un bar cerca de la estación de Paddington, donde la había llevado después de recogerla en el tren.

–Tengo que hacerlo, Marisa. Tengo que decírselo a Eva. Y quiero que tú estés ahí cuando lo haga, para que ella comprenda lo mucho que significas para mí.

–Ian, no estoy segura... –repuso ella con ansiedad, llena de dudas.

–Bueno, pues yo sí estoy seguro –afirmó Ian y le tomó la mano con firmeza–. No quiero seguir ocultando lo que siento. Lo he intentado, no sabes cuánto. Pero no podremos ser libres hasta que lo nuestro deje de ser un secreto –añadió y tomó aliento antes de continuar–. Las cosas han cambiado. ¿Sabes que dimití de mi puesto en la empresa del hermano de Eva? Me alegro de haberlo hecho. Tengo otro trabajo y me gusta mucho –aseguró con entusiasmo–. Me ocupo del departamento de marketing de una empresa de comercio justo del Tercer Mundo. Estoy lleno de esperanzas y de energía, porque siento que estoy dedicando mi talento a algo que merece la pena. Además, me hace independiente del hermano de Eva. Eso me pone en posición de abrirme a ti –insistió y le apretó la mano–. Quiero hacerlo esta noche. Marisa, tenemos que contarle al mundo lo nuestro. Vamos.

Llena de ansiedad, Marisa lo acompañó.

Con aire ausente, Athan miró a su alrededor en uno de los comedores privados del hotel. Eva estaba hablando con el encargado sobre los postres.

A él le daba lo mismo qué comer. No tenía hambre.

Eva había organizado una celebración familiar en su hotel favorito.

—Ha sido idea de Ian —había explicado Eva con alegría—. Quiere hablarnos de su nuevo trabajo. Está entusiasmado con él... y yo también. Parece como si se hubiera quitado un gran peso de los hombros.

El comedor estaba dispuesto con toda clase de lujos. No estaba mal que Ian hubiera encontrado un trabajo, pensó Athan. Además, Eva parecía feliz. Al menos, si Ian estaba ocupado con su nuevo empleo, no tendría tiempo para buscarle sustituta a Marisa, pensó con gesto duro. Con suerte, el matrimonio de su hermana podía estar a salvo, aunque solo fuera por el momento.

Athan miró por la ventana hacia las calles mojadas por la lluvia. No había estado en Londres desde la vez en que había ido a buscar a Marisa al maltrecho agujero donde ella vivía. Había intentado evitar la ciudad, que le recordaba a ella. Sin embargo, Eva había insistido mucho en que asistiera a esa cena y había tenido que ceder.

Se alegraba de la felicidad de su hermana... aunque el precio que había tenido que pagar había sido demasiado alto.

Por lo menos, había conseguido su propósito original, se dijo con un pesado suspiro. Debería contentarse con eso. Y prepararse para mantener las apariencias durante la cena que se avecinaba. Tendría que felicitar a Ian, decir algo apropiado a las circunstancias, brindar por ellos.

—¿Athan? —llamó Eva—. Voy al tocador. Ian debe de estar a punto de llegar.

Athan asintió y se quedó solo en el comedor, pensando en lo que tenía por delante. ¿De veras iba poder cenar con Ian y poner buena cara, después de saber que había planeado serle infiel a su hermana?

Iba a tener que intentarlo.

Las puertas del comedor se abrieron y, cuando Athan volvió la cabeza hacia allá, se quedó petrificado.

Ian acababa de entrar. Acompañado de Marisa.

–¿Cómo te atreves a traerla aquí? –exclamó Athan al instante.

Marisa se quedó sin respiración. Se aferró al brazo de Ian para mantenerse en pie. Cielos, ¿cómo era posible que aquello estuviera pasando? No había contado con que Athan fuera a estar allí...

–¿Dónde está Eva? –preguntó Ian, tenso.

–Tienes un segundo para sacar a esa mujer de aquí antes de que... –le amenazó Athan, rojo de furia.

–¿Antes de qué? –sonó una voz femenina detrás de ellos.

Athan se giró. Su hermana estaba en la puerta, mirando la escena que tenía delante. Su expresión cambió al darse cuenta de que la otra mujer iba del brazo de su esposo.

–¿Ian?

Marisa tragó saliva, tratando de controlar sus emociones.

¡No podía hacer aquello! Tenía que salir de allí... de inmediato. Con torpeza, se soltó de Ian y corrió hacia la puerta. Eva se hizo a un lado para que pasara.

–Lo siento... lo siento... ¡No puedo hacerlo! Yo... –balbuceó Marisa, mirando a la esposa de Ian llena de agonía.

–Eva, yo me encargaré de esto –dijo Athan de pronto,

tomando a Marisa del brazo como un cepo de acero. La sacó del salón, antes de que cuñado le diera a Eva el golpe fatal que, sin duda, había planeado. ¿Cómo se atrevía a llevar allí a Marisa?, se preguntó, furioso. Solo podía significar una cosa, que pensaba dejar a su hermana...

Loco de rabia, Athan no sabía qué era más fuerte, si su deseo de proteger a Eva o si impedir que Marisa estuviera con ningún hombre, a excepción de sí mismo.

Cerró la puerta del comedor tras ellos y arrastró a Marisa al ascensor.

—¡Eres una zorra despreciable! ¿Cómo te atreves a entrar aquí del brazo de Ian?

Marisa palideció, tratando de soltarse, pero era imposible.

—¡Lo siento! Sé que no debí haber venido.

—Entonces, ¿por qué lo has hecho?

—Porque me convenció de que no podíamos seguir escondiéndonos. Él quiere sacarme a la luz y yo no quiero ser su sucio secreto.

Athan la soltó. Ella tragó saliva, con lágrimas en los ojos.

—Pero, aunque Ian le cuente lo vuestro a Eva, nunca va a dejar de ser algo sucio y sórdido, ¿verdad? —le espetó él—. Siempre vas a tener algo que ocultar.

—Lo sé. Y sé que haber salido del comedor no va a arreglar nada. Ella se preguntará quién soy. Sé que he reaccionado demasiado tarde.

—Pues solo queda una salida, una manera de que Eva no lo sepa —señaló él con dureza. Su mente comenzó a funcionar a gran velocidad mientras la rabia lo consumía—. Le diré a Eva que estás conmigo y que Ian solo te estaba acompañando. Le diré que yo quería presentaros. Así, tal vez, consiga proteger a Eva de la sórdida razón de tu presencia. Después de todo, mi hermana preferirá que seas mi amante y no la de su esposo.

Agarrándola del brazo de nuevo, Athan intentó llevarla al comedor. Pero Marisa no se movió.

Sin dejar de mirarlo a los ojos, con gesto duro e inexpresivo, Marisa le quitó uno a dudo los dedos que la agarraban y dio un paso atrás.

—¡Athan! ¡Ven!

Athan se dio la vuelta. En la puerta del comedor, su hermana lo llamaba. Cuando quiso volver a mirar a Marisa, ella había comenzado a caminar hacia la pareja. Sus pasos parecían impregnados de firmeza.

Cuando los cuatro estuvieron dentro del comedor y Athan cerró la puerta tras ellos, un mal presagio lo invadió. Iba a suceder. El sucio secreto iba a ser desvelado. Tanto esfuerzo para nada. Su hermana terminaría humillada y con el corazón roto. Bueno, al menos, él estaría allí para consolarla y para prestarle su hombro cuando su marido la hubiera abandonado.

Como en cámara lenta, Athan observó cómo Marisa se acercaba a Eva con seguridad. Ian le sonreía con confianza. Eva la miraba sorprendida.

Athan se colocó junto a su hermana, lleno de rabia. Posó los ojos en Marisa, que estaba pálida e increíblemente hermosa, junto a Ian. Eran una pareja muy bella, los dos tan rubios y de ojos azules. Eva, sin embargo, era morena y de rasgos mediterráneos, igual que él.

—Eva...

La voz de Ian lo sobresaltó. Athan sabía que el hacha estaba a punto de caer. Con rostro pétreo, esperó su golpe fatal, para poder recoger luego los pedazos.

—Eva, tengo algo que decirte.

Eva lo miró todavía más confundida y temerosa.

–Tengo que decirte algo que no te va a gustar. Le pedí a Marisa que viniera hoy por una razón. Quiero hablarte de su existencia.

Athan no pudo resistirlo y se adelantó, tomando a su hermana de la muñeca, con la intención de hablarle en griego. Si Eva tenía que saberlo, era mejor que fuera por su boca.

–¡No! –exclamó Marisa de pronto.

Athan se paralizó al oírla y se giró hacia ella. Marisa tenía los ojos encendidos como hogueras.

–Ian se lo dirá –le espetó Marisa y posó los ojos en Ian–. ¡Vamos! Díselo a los dos.

Athan percibió algo extraño en su voz. Nunca había escuchado a Marisa hablar en ese tono. Parecía de hielo.

–Es algo difícil de decir, Eva –prosiguió Ian, tras un momento de titubeó–. Así que voy a ir al grano. Marisa... –dijo y le tomó la mano.

Ella se la sujetó con cariño, entrelazando sus dedos.

–Marisa es su aman... –se adelantó Athan, sin poder soportarlo.

–Es mi hermana.

Las palabras cayeron como piedras sobre Athan.

–Soy la hermana de Ian –confirmó Marisa.

Capítulo 7

ATHAN se quedó paralizado, sin respiración.
–¿Su hermana?
Marisa lo miró a los ojos, todavía con gesto inexpresivo.

La cara de sorpresa de Athan daba risa, pero ella no estaba de humor para reír. Estaba de humor para matar.

–¿La hermana de Ian? –preguntó Eva, confusa–. Pero si Ian no tiene hermanas...

Marisa vio cómo Ian tomaba aliento. Ese era el momento que ambos habían temido, pero tenían que enfrentarse a ello.

–Yo no he sabido de su existencia hasta hace poco –explicó Ian y tomó aliento de nuevo–. Mira, igual es mejor que nos sentemos. Es... complicado y va a ser... difícil –propuso, señalando a la mesa.

Tras un momento de reticencia, Eva tomó asiento. Los demás la siguieron en absoluto silencio.

–No sé vosotros, pero a mí me vendría bien una copa de vino –indicó Ian, tratando de quitarle tensión al momento.

Durante un paréntesis de unos segundos, hubo una pausa, mientras Ian servía cuatro copas y las repartía.

Sin pensar, Marisa dio un largo trago a su bebida. Lo necesitaba.

Al dejar la copa, se dio cuenta de que le temblaba la mano. Trató de suprimir los sentimientos que experimentaba hacia Athan. Había ido allí para apoyar a su hermano y eso haría.

—Marisa es mi hermanastra. Tenemos el mismo padre. Pero su madre...

Marisa notó cómo Athan se ponía tenso. Durante un instante, sus ojos se encontraron y ella intuyó que él adivinaba lo que Ian se esforzaba por decir.

—Mi madre... fue una de las amantes del padre de Ian —confesó Marisa, interrumpiendo a su hermanastro. Acto seguido, bajó la vista, incapaz de contener la emoción que la embargaba.

Eva dijo algo en griego. Parecía conmocionada. Ian volvió a tomar la palabra.

—Los dos sabéis cómo era mi padre. Sobre todo tú, Eva, pues nuestras madres fueron amigas durante mucho tiempo —explicó Ian y dio otro trago a su copa, nervioso—. La madre de Marisa no fue la primera de sus amantes... ni la última. Pero fue la única que... —añadió y le dio la mano a su hermanastra—. Fue la única que cometió el terrible error de enamorarse de él.

—No la disculpo —señaló Marisa, sin atreverse a levantar la vista—. Ella sabía que era un hombre casado. Pero me contó que él siempre le había dicho que era un matrimonio de conveniencia, en el que ambas partes comprendían que su unión era solo una cuestión de negocios —explicó y levantó la mirada, llena de dolor por su madre—. Ella eligió creerlo. Él la persiguió sin cesar porque ella lo había rechazado en un principio. A mi padre no le gustaba que las mujeres le dijeran que no, por eso, hizo todo lo posible hasta que consiguió acostarse con ella. Le dijo que su esposa había conocido a otra persona y le había pedido el divorcio –recordó con voz tensa–. Cuando ella se hubo entregado a él y se hubo quedado embarazada, él no quiso saber nada más. Mi madre se dio cuenta de lo tonta que había sido, pero era demasiado tarde.

Marisa tomó aliento antes de continuar.

–Él le dio dinero suficiente para comprarse la casa en la que yo me crié y una pequeña suma mensual para vivir. A cambio, le hizo firmar un documento en el que renunciaba a pedirle responsabilidades legales por mí. Mi madre estaba demasiado hundida y decidió no resistirse, firmó y se mantuvo siempre alejada de su vida. Yo crecí sin tener ni idea de quién era mi padre. Ella solo me dijo que había sido «el gran amor de su vida». Cuando murió, vine a Londres para intentar encontrarlo. Pero no tenía ni su nombre ni ninguna información, a excepción de una foto que mi madre había guardado...

–Y así es como me encontró –interrumpió Ian–. Fue una completa casualidad. Marisa aceptó un empleo en una compañía de limpieza y mi oficina estaba entre sus clientes. Una noche, yo me había quedado a trabajar hasta tarde. Ella me vio y se quedó mirándome... así fue como nos conocimos.

–Claro –dijo Eva despacio, con gesto comprensivo–. Ian es el vivo retrato de su padre... y es posible que la foto fuera tomada cuando tenían la misma edad, ¿verdad?

Marisa asintió, incapaz de hablar.

–Es extraordinario –comentó Eva y se giró hacia su hermano–. Athan, imagina que yo no hubiera sabido de tu existencia... habría sido terrible.

Él no respondió. De forma abrupta, se puso en pie.

–Disculpad. Tengo que... –comenzó a decir Athan y se quedó callado. No se le ocurría ninguna excusa. Solo quería salir de allí cuanto antes.

–¿Athan?

Pero él no se sentía capaz de responder a su hermana. Sin decir más, salió del comedor y, como un autómata, caminó hasta el ascensor. Solo quería alejarse de allí. Desparecer.

Dentro del comedor, Eva seguía anonadada por la reacción de su hermano.

–¿Qué diablos...? –preguntó Eva confundida, posando los ojos en Ian y en Marisa.

–Lo siento... tengo que... –balbuceó Marisa, incapaz de decir más, se puso en pie y salió de la sala.

Fuera, el pasillo estaba vacío, a excepción de la figura alta y fuerte que se erguía delante del ascensor. De pronto, revivió una imagen del pasado, cuando había salido del ascensor en Londres y se había encontrado con un hombre alto y moreno, caminando hacia ella.

Solo había sido una trampa. Un plan meticuloso con un único propósito. Seducirla.

Y apartarla del hombre con quien él creía que tenía una aventura. Un hombre casado... y su propio cuñado.

–¡Espera!

Su grito recorrió el pasillo desierto e hizo que Athan se girara al instante. Ella caminó hacia él, sintiendo como toda la rabia que había tratado de contener dentro del comedor le ardía en la garganta. Se detuvo delante de él y, sin pensar, levantó la mano y lo abofeteó.

—¡Esto es por lo que pensaste de mí!

Acto seguido, lo empujó a un lado, pasó delante de él y entró en el ascensor. Con prisa, apretó el botón para que se cerraran las puertas.

Athan no intentó seguirla. No se movió en absoluto. Solo se volvió, muy despacio, y se quedó mirándola mientras las puertas se cerraban.

Con el corazón latiéndole a toda velocidad, a ella se le quedó grabada la imagen de Athan, allí parado, pálido y lívido, con la marca de su mano en el rostro.

Marisa se puso a caminar. Esos días, se había acostumbrado a pasear por el bosque. Pero, por muy lejos que fuera, no podía librarse de lo que la consumía y la devoraba por dentro.

¿Cómo no se había dado cuenta de lo que Athan había pensado de ella?

Recordó cada palabra de su conversación de despedida, aquella horrible tarde, en que no había comprendido a lo que él se había referido respecto a su relación con Ian.

Había creído que Athan había descubierto que era su hermana. Nunca se le había pasado por la cabeza que hubiera pensado algo tan bajo de ella, algo tan vil.

Sin embargo, eso era lo que había pasado desde el principio.

Marisa tuvo ganas de gritar y denunciar aquella ignominia delante de todos. Pero no había nadie a quien contársela. Lo único que podía hacer era tragársela y quedarse sola. Ocultarse de nuevo en Devon... en esa ocasión, para siempre.

Era lo que debía haber hecho la primera vez.

No debía haber dejado que Ian la convenciera para ir a Londres a contárselo a Eva. A causa de lo que Athan le había hecho, ella ya no podía tener ninguna relación con Ian ni con Eva de todos modos, pues no podía contarles lo que había pasado entre ambos. «Jamás podré ver a Athan de nuevo... ¡No podría soportarlo!».

¿Cómo iba a tener relación alguna con un hombre así? Odio era lo único que podía sentir por Athan Teodarkis.

Con un nudo en la garganta, llegó hasta una loma, desde donde se veían las ruinas de la Edad de Bronce. Había alguien parado en medio del pueblo prehistórico.

Al principio, Marisa no se fijó mucho. En días cálidos como ese, era común que los paseantes y turistas fueran a visitar el lugar. Pero, mientras atravesaba el camino que pasaba por las ruinas, se quedó paralizada. Aquella figura le resultaba demasiado familiar.

Él la estaba mirando. Con las manos en los bolsillos y el pelo revuelto por el viento.

Sumida en una especie de trance, Marisa siguió caminando hacia el lugar donde, hacía milenios, una comunidad había vivido, amado, muerto...

Él se acercó hacia ella, deteniéndose en medio del camino para esperarla. Marisa llegó ante él y se quedó parada, en silencio, con las manos en los bolsillos.

–Ian me dijo que habías vuelto –señaló él con voz tensa–. Quería darte tiempo. Y a mí. Pero ahora tenemos que hablar.

–No hay nada que decir.

Teniendo en cuenta las tumultuosas emociones que se habían agolpado en su interior hacía unos minutos, Marisa habló con una calma increíble.

–Sabes que eso no es verdad –protestó él con un brillo fugaz en los ojos.

–Bueno, ¿qué tienes que decir entonces?

La situación parecía irreal, en un lugar como aquel, entre las ruinas olvidadas, delante del hombre que la había impulsado a ocultarse en esos bosques.

–¿Qué quieres decirme? –repitió ella, mirándolo sin parpadear–. Pensaste que era la amante de Ian y me sedujiste para apartarme de él y que se quedara con su esposa. Ahora has descubierto que no era su concubina, sino su hermana. Y, como no puedo soportar tener nada que ver contigo, he tenido que renunciar a verme con Eva y con Ian. ¡Así que no ha servido de nada hablarle a Eva de mi existencia, porque de todos modos no puedo ver a mi hermano! –le espetó ella y tomó aliento, lanzándole dardos con la mirada–. ¿Te da una idea de por qué no tenemos nada más que decirnos?

–No –repuso él con la mandíbula tensa y suspiró–. Sabes que no. Sigue habiendo una razón importante para que hablemos –insistió y la tomó del brazo.

Ella intentó zafarse, pero él no se lo permitió, mientras la conducía a una roca plana cubierta de musgo para que se sentara. Él se sentó a su lado.

Marisa se apartó un poco, sin preocuparse porque Athan lo notara.

Todavía se sentía en calma, helada, como si estuviera dentro de un iceberg. Esperó que él la soltara, en vano.

Athan se giró hacia ella. Marisa trató de no mostrar sus sentimientos. Quiso cerrar los ojos, sin embargo, eso significaría demostrarle que todavía provocaba un efecto sobre ella. Y no era así. Nunca más dejaría que él la afectara.

–Es lo que no entiendo –señaló él de forma abrupta–. No puedo creer que no comprendieras que te había tomado por la amante de Ian –añadió, apretando la mandíbula–. ¿Por qué, si no, hubiera dicho aquellas cosas? ¿Por qué iba a hacerte lo que hice? ¿Solo porque fueras su hermana? ¿Por qué demonios Ian y tú escondisteis vuestra relación de todo el mundo?

Marisa abrió más los ojos.

–¿Cómo puedes preguntar eso? Tú sabes lo unida que está Eva a la madre de Ian, que es su madrina. Es como una segunda madre para ella. Por eso, temíamos contárselo, porque podía hacer que se sintiera su lealtad dividida. ¿Cómo iba a querer relacionarse con la hermana de su marido cuando era una prueba viviente de los engaños y traiciones que sufrió Sheila Randall en su matrimonio?

Tragando saliva, Marisa hizo una pausa.

–Después de irme de Londres, le dije a Ian que era porque no quería seguir ocultándome en las sombras. Él buscó un trabajo que no dependiera de ti y decidió no seguir escondiendo una parte tan importante de su vida a su mujer. Para él, fue un nuevo comienzo y no quería tener más secretos con su esposa, por muy difícil que fuera. Ni siquiera el secreto de mi existencia –terminó ella con amargura.

Athan se quedó un momento en silencio. Cuando habló, su voz sonaba pesada, tanto como los pensamientos que parecían estar aplastándolo.

–Pensé que Ian era como su padre, incapaz de ser fiel. Siempre lo había temido. Nunca aprobé su matrimonio con Eva. Creía que era un hombre superficial y de poco fiar, indigno de mi hermana. Y temí que ella estuviera destinada a seguir el mismo camino que su suegra, cuya vida fue destruida por las infidelidades de su marido.

Tras una breve pausa, miró a Marisa un momento y apartó la mirada. Era demasiado doloroso.

–Cuando empecé a sospechar, hice que lo vigilaran. Me enteré de tu existencia y supe que vivías en un piso pagado por él. No tuve ninguna duda. Había fotos de los dos en un restaurante en una actitud íntima, mirándoos con cariño –explicó e hizo otro breve silencio–. Y, en una de las imágenes, Ian te estaba regalando un collar de diamantes. ¿Qué diablos iba a pensar? ¡Mi cuñado estaba regalándole diamantes a otra mujer!

Marisa se puso tensa.

–Era el collar de la abuela de Ian. Había pertenecido a nuestra la madre de nuestro padre. Mi hermano quiso que lo tuviera. Y quiso que tuviera todas las cosas que mi padre me había negado, quiso sacarme de la pobreza a la que nos había condenado a mi madre y a mí –afirmó ella y apartó la vista, sumiéndose en los recuerdos de su infancia–. Mi madre sabía que no debía haberse entregado a mi padre. Sabía que había sido culpa suya, que había sido una tonta por amarlo. Sabía que se merecía su rechazo. Fue una dura lección para ella y para mí –añadió con tristeza y volvió a posar los ojos en Athan–. Por eso, me resultó insoportable darme cuenta de que me creyeras capaz de tener una relación con un hombre casado. Por eso me puse tan furiosa la noche en que Ian le desveló mi existencia a Eva.

Athan parecía hundido.

–Tenías todo el derecho a estarlo. Te juzgué mal. Pensé lo peor de ti.

Al percibir su tono de arrepentimiento, algo se retorció dentro de Marisa.

—¡Te odié por eso! —exclamó ella—. Pensé que te odiaba por lo que habías hecho conmigo, seduciéndome como parte de un plan. Creí que pensabas que solo quería aprovecharme de mi hermano rico y entrometerme en tu familia. Pero, cuando me di cuenta de que me habías juzgado capaz de algo mucho peor... entonces, te odié un millón de veces más —aseguró y apretó los puños dentro de los bolsillos—. Cuando te desvelé cuál era mi verdadera relación con Ian, me sentí tan bien... Con una sola frase, hice que esa mirada de desprecio y condena desapareciera de tu cara. Y, cuando te abofeteé, ¡me sentí todavía mejor!

Marisa se puso en pie de un salto, zafándose de su brazo.

Se quedó allí, dándole la espalda, con el rostro contraído por el dolor.

¿Qué hacía él allí? ¿Había ido para atormentarla de nuevo? ¿Para qué? Todo había terminado. No había nada más que hacer ni que decir. Aquel desastre no tenía ningún arreglo. Al mismo tiempo, ella tenía que aceptar que, en el fondo, no era culpa de Athan.

Al fin, se giró hacia él. Athan no se había movido. Seguía sentado inmóvil, mirándola. Su expresión era...

¿Qué?, se preguntó Marisa, mientras caóticos pensamientos le surcaban la mente.

Parecía estar pensando qué decir. Y había algo más en sus ojos, esos ojos oscuros que, en un tiempo, habían hecho que ella se derritiera... la estaban observando llenos de desolación.

Una desolación inmensa.

Marisa tomó aliento.

–Esto no tiene sentido. Es un desastre, se mire como se mire. Puedo entender... por qué llegaste a la conclusión equivocada. Entiendo que quisieras proteger a tu hermana. Hiciste lo que te pareció mejor. Pero, ahora que todas las cartas están sobre la mesa, para mí resulta imposible tener nada más que ver contigo o con Eva, ni siquiera con Ian. No quiero verte más, debes entenderlo. Lo que me hiciste es algo que no puedo olvidar –afirmó ella, mirándolo a los ojos–. No puedo perdonarte lo que me has hecho. Nunca podría dejarlo atrás.

Durante un momento eterno e insoportable, se quedaron callados. Un abismo los separaba.

Marisa quiso volver a su casa, sabía que era lo mejor apartarse de él.

Pero parecía clavada al sitio.

Entonces, muy despacio, Athan se acercó y posó las manos sobre los hombros de ella. Al instante, las apartó.

–Yo, tampoco.

Su voz sonaba baja y llena de angustia.

Tal vez, ella tenía razón, pensó Athan. Igual no debía haber ido a verla. ¿Debía haber ignorado su impulso urgente de encontrarla?

Había necesitado hablar con ella. No había podido dejar las cosas así.

No había podido dejar de recordar las palabras de denuncia de ella y su bofetada, el castigo por lo que había hecho.

Se había equivocado respecto a ella desde el principio...

–Lo que te hice será como una cruz que llevaré toda la vida.

Marisa solo consiguió encogerse de hombros.

–No importa. Entiendo por qué lo hiciste. Fue un... malentendido, eso es todo –repuso ella, casi atragantándose con sus palabras. Llamar a lo que había pasado «malentendido» era un terrible eufemismo–. Es lo mismo. En el fondo, los dos nos quedamos como estábamos. Al menos, el matrimonio de Eva y Ian es más sólido que nunca, así que ha salido algo positivo de todo esto. Mi hermano, al fin, tiene un trabajo que le entusiasma y con el que puede hacer una contribución real al mundo. Además, puede mantenerse solo, sin tu ayuda. Por supuesto, también se ha ganado tu confianza y te ha convencido de que no es igual que su padre –indicó con la cara torcida–. Entonces, todos contentos, ¿no?

Marisa habló con indiferencia, como si realmente nada importara.

–En cuanto a ti y a mí... –continuó y se interrumpió con un nudo en la garganta.

Marisa miró al frente, hacia las rocas de granito que parecían congeladas en el tiempo. Solo el viento y la lluvia podían ir erosionándolas, a través de los siglos. A su lado, la fugaz vida humana era irrisoria...

–En cuanto a ti y a mí, ¿qué más da? Lo que pasó fue un... error. Lamentable, pero comprensible. No puede arreglarse, aunque... –señaló ella e hizo una pausa, sintiendo cada vez mayor el nudo en la garganta–. Puede ignorarse.

Athan tomó aliento. A continuación, despacio, habló.

–No, no puede ignorarse. Tengo que enfrentarme a ello.

De nuevo, posó las manos en los hombros de ella con suavidad.

Marisa sintió una corriente eléctrica recorriéndola. Cuando lo miró a los ojos, la expresión de él no podía ser más sombría.

–Te juzgué mal. Y lo lamentaré toda la vida. Aunque el daño que te hice no fue intencionado, eso no lo disculpa. Sin embargo, no me arrepiento de lo que pasó entre nosotros. No puedo. Después, vine a verte por una sola razón. Pensé que, como ya no eras un peligro para el matrimonio de mi hermana, podía disfrutar de lo que tanto deseaba, tenerte de nuevo.

Athan la contempló con algo más que tristeza en los ojos. Algo que amenazaba con minar las defensas de Marisa.

–Quería recuperar el tiempo que había pasado contigo, breve y precioso. Pero sabía que era imposible. Y me odiaba por haberlo hecho pedazos. Cuando llegué hasta aquí y vi dónde vivías, comprendí que Ian debía de haberte engañado, tentándote con la promesa de una vida más cómoda –explicó él e hizo una pausa–. Igual que el padre de Ian había engañado a tu madre.

Ella se quedó sin palabras. Bajó la mirada.

–Todos somos humanos, Marisa. Cometemos errores. Tu madre tuvo sus equivocaciones. Y yo, las mías, al juzgaros mal a Ian y a ti –reconoció él con ojos desolados–. Tenemos que pagar por ello. Tu madre lo hizo. Yo pagaré también. Y el precio será vivir sin ti, el precio más alto que jamás haya podido imaginar –añadió y apretó los labios–. No sabía que pudiera sentirse tanto dolor –admitió y levantó la mano en señal de despedida–. Ahora me voy. Te deseo lo mejor. Es lo único que puedo hacer, ¿verdad?

Antes de girarse posó los ojos en ella una última vez.

Sintió como si un cuchillo le desgarrara el corazón y comenzó a alejarse, dejándola atrás.

Marisa lo vio marchar. Salir de su vida.

Estaba aturdida, no podía pensar con claridad. Hasta que un pensamiento alzó la voz sobre los demás. Y se conformó en palabras. Eran las que había pronunciado Athan.

—Cometemos errores. Tu madre tuvo sus equivocaciones. Y yo, las mías...

¿Qué pasaría si era ella quien se estaba equivocando en ese momento?

Su madre había echado a perder su vida, amando a un hombre que había resultado ser indigno de ese amor.

¿Y si ella estuviera cometiendo el error opuesto?

¿Y si su equivocación era dejar marchar a un hombre que debería sostener siempre entre sus brazos?

Sus ojos se clavaron en la figura masculina que se alejaba. Iba a ser una agonía vivir sin él, se dijo. Se sintió incapaz de respirar...

—¡Espera! —gritó ella—. ¡Athan, espera!

Él se detuvo en seco y dio media vuelta. Con el corazón acelerado, Marisa se quedó inmóvil, esperándolo.

Entonces, sin pensar nada, comenzó a acercarse, corriendo cada vez más deprisa. El viento le chocaba en los ojos, cegándola, pero no le importaba. Sabía adónde iba. Era el único sitio donde quería estar.

Athan la tomó en sus brazos, levantándola del suelo. Ella estaba sollozaba. Lo único que le importaba era estar allí... entre sus brazos...

Lo amaba tanto...

Él dijo su nombre una y otra vez, mientras la besaba en el pelo, apretándola contra su pecho. Ella lloraba y reía al mismo tiempo.

—¡Oh, mi amor!

Marisa era todo gozo y felicidad... todo amor. Entonces, él la dejó en el suelo y le tomó el rostro entre las manos, mirándola a los ojos.

En ellos, ya no había desolación, solo amor.

Despacio, con las ruinas del pueblo prehistórico como único testigo, entregándose a una fuerza que traspasaba las barreras del tiempo, Athan inclinó la cabeza hacia ella y la besó.

—Te amo. Y este amor es la razón por la que no lamento todo lo que te hice, porque gracias a lo que ha pasado estás conmigo —susurró él con ojos llenos de ternura—. No me di cuenta de lo que me estaba pasando hasta que te perdí. Te perdí, amada mía, una y otra vez. Te perdí cuando te dije aquellas palabras tan crueles. Te perdí cuando, muerto de celos por Ian, vine a buscarte aquí. Quería apoderarme de ti como un niño malcriado quiere arrebatarle a otro su juguete. Te perdí cuando me echaste a la cara la verdad en aquella cena de pesadilla. Te perdí cuando descargaste en mí toda tu rabia por lo que te había hecho. Te he perdido tantas veces... —recordó, sosteniendo la cara de ella en sus manos—. Y, con cada pérdida, cada vez iba comprendiendo mejor lo que me pasaba. Me estaba enamorando de ti.

Marisa se estremeció al sentir su dolor y se apretó contra él.

—Enamorándome de ti... al mismo tiempo que... te iba perdiendo cada vez más...

Ella lo besó para calmar su sufrimiento.

–Yo tenía miedo de quererte –confesó ella–. Algunas veces, en Santa Cecilia, percibí una mirada tuya remota y lejana. Pensé que era porque sabías que yo me estaba enamorando y tú solo querías algo pasajero que terminaría cuando regresáramos a Londres. Creí que eso era lo que ibas a decirme. Estaba preparada para que me dijeras que habíamos terminado. Me sentía fuerte para soportar eso –recordó y su expresión cambió–. Pero, cuando me dijiste aquellas cosas... cielo, no estaba preparada. ¿Cómo iba a estarlo? No fui capaz de defenderme porque yo lo que quería era ser aceptada por la familia de mi padre. Tus palabras me hicieron darme cuenta de que eso era imposible... que yo era un sórdido secreto del pasado del padre de Ian.

Athan la apartó un poco para poder mirarla a los ojos, sujetándola de los hombros.

–Yo nunca habría pensado mal de ti por quién es tu padre. Sí, la madre de Ian sufrió, pero no fue culpa tuya. Tú no tienes la culpa de nada. Yo, sí –reconoció él con pesadumbre.

–No. No quiero que digas eso ni que miremos atrás. Yo dejé que mi rabia me cegara –admitió ella, aferrándose a él–. Estuve a punto de dejar que te fueras de mi lado... ¡No vuelvas a permitirme que haga algo así!

–Cada vez que me mires, verás mi amor por ti –aseguró él con voz cálida y sincera–. Seré tu espejo. Te lo prometo.

De pronto, la expresión de ella se entristeció.

–Me dolió mucho. Me hizo mucho daño darme cuenta de que todo el tiempo que habíamos estado juntos había sido... una farsa. Yo lo había creído tan real...

—¡Fue real! —afirmó él—. Todo el tiempo, pensaba que, si no hubiera sido por Eva, habría podido disfrutar de ese tiempo contigo sin ninguna intención oculta —explicó y la miró emocionado—. Ahora... al fin... después de todo este tiempo... no hay nada más que no separe ni nos ciegue. Mi amada, solo hay esto.

Athan la besó con dulzura, lleno de amor.

—Solo esto —murmuró él de nuevo.

A continuación, la abrazó por los hombros, dándole una mano y comenzaron a caminar sendero abajo.

Juntos.

Marisa se sentía llena de paz. Y sabía que, en esa ocasión, duraría para siempre.

—Qué tontos hemos sido —comentó ella con aire soñador, apoyando la cabeza en el hombro de él.

Athan rio.

—Yo más que tú.

—No, yo más.

—Tendrás que concederme el privilegio de darme la razón en esta ocasión —pidió él y la besó en el pelo.

—De eso nada.

Cuando Athan le sonrió, a ella le dio un brinco el corazón. Sabía que, por fin, había encontrado su hogar.

—Te gusta discutir, ¿verdad? —bromeó él—. Bueno, podemos llegar a un acuerdo. Te dejaré tener razón siempre a partir de ahora. ¿Te hace eso feliz?

Ella meneó la cabeza.

—Solo hay una cosa que me haga feliz.

—¿Cuál?

–Tú. Solo tú. Todo el tiempo –respondió ella, radiante de amor. Era un fuego que nunca se apagaría.

Entonces, compartieron un beso más largo y profundo que el anterior. Un beso que los envolvería para siempre.

Epílogo

¿LISTA?

El tono de voz de Athan estaba lleno de ánimo y apoyo.

Su brazo, al que Marisa se agarraba, era fuerte como una roca. Y ella sabía que siempre podría contar con él.

–De acuerdo, vamos allá.

Athan comenzó a caminar, abrió la puerta y la condujo a la sala que tenían delante. Marisa notó que, como era de esperar, se le aceleraba el corazón.

Entró, con Athan a su lado. Juntos, se detuvieron en la antesala.

–¡Marisa! –llamó Ian con tono cálido de bienvenida y corrió hacia ellos. Con una sonrisa, la besó en la mejilla.

Sonrió a Athan también y él lo correspondió. La opinión que tenía de su cuñado había mejorado mucho, pues estaba seguro de que no había heredado la naturaleza adúltera de Martin Randall. Ian había demostrado ser leal y confiable y trabajaba con esfuerzo para triunfar en su profesión y ofrecerle a Eva la vida más feliz del mundo.

«Casi la más feliz», se dijo Athan, mirando a Marisa que, a su lado, brillaba de amor y alegría. Sintió que el corazón se le encogía al pensar en lo mucho que la quería. Ella era el centro de su mundo... su otra mitad...

—¿Marisa?

La voz de Ian sacó a Athan de sus pensamientos.

—Este es el momento que he estado esperando. ¿Quieres darme la mano?

Todavía un poco tensa, Marisa le dio la mano y entrelazó sus dedos con los de su hermano.

Los tres entraron juntos hacia la persona que estaba de pie delante de la chimenea, en el salón del hogar familiar de Ian. Aunque estaba concentrada en esa persona, Marisa también se fijó en Eva, sentada en una mecedora junto al fuego y sonriéndole para darle ánimos.

Durante un instante, mientras se acercaba, Marisa creyó ver en el rostro de esa persona cierta tensión, la misma que ella sentía. Podía comprender muy bien el porqué. Entonces, Ian habló, no a ella, sino a la mujer mayor que tenían delante.

—Esta es Marisa —presentó él con mirada firme—. Mi hermana.

El tiempo pareció detenerse. Entonces, Sheila Randall rompió la tensión. Le tendió las manos a Marisa.

—Querida —saludó Sheila con voz llena de emoción.

Marisa soltó a Ian y a Athan y le estrechó las manos. Emocionada también, comprobó que el rostro de Sheila Randall no mostraba nada más que amabilidad... y la sombra de sufrimientos pasados.

Mirándola a los ojos, Sheila le dio un cariñoso apretón en las manos.

—Creo sinceramente que tu pobre madre sufrió tanto como yo, por eso, no puedo y nunca la culparé ni la acusaré —afirmó Sheila y se interrumpió un momento, sus palabras llenas de emoción–. Me alegro mucho de que Ian te haya encontrado. Y de que seas parte de nuestra familia –añadió y posó los ojos en Athan–. No puedo imaginarme un final más feliz.

Marisa la soltó y tomó la mano de Athan, sintiendo que su fuerza y su calidez la inundaban.

–Ni yo –dijo ella.

Y el amor, como una marea imparable, la recorrió.

Con solo ojos para su amada. Athan se llevó su mano a la boca, la besó y se la colocó junto al corazón.

–Ni yo –dijo él.

Durante un pedazo de eternidad congelada en el tiempo, se quedaron mirándose, sumergidos el uno en el otro.

Hasta que el sonido de una botella descorchándose los trajo de vuelta a la realidad.

–Es hora del champán –indicó Ian.

Eva se acercó a su lado, tendiéndole copas para que las llenara con el líquido burbujeante. Cuando todas estuvieron servidas, Ian levantó la suya.

–Por Athan y por Marisa. Y por el triunfo del amor verdadero.

Fue un brindis al que nadie puso ninguna objeción.

Bianca

**Solo podía pensar una cosa: ¿se trataba de una amenaza…
o de una promesa?**

La boda de su mejor amigo se había cancelado, y un importante acuerdo de negocios dependía de ello, así que Nate Sparks tenía que lograr que la pareja llegase al altar lo antes posible. La persona que mejor podía ayudarle era la enérgica dama de honor Roxy Trammel, cuyo segundo nombre era Problemas…

Por suerte Roxy también necesitaba que la boda siguiese en pie; su reputación como diseñadora de vestidos de novia dependía de ello. Nate le propuso un plan para que los novios se reconciliaran. ¿Pero y si no funcionaba? ¡Entonces él se casaría con ella!

Un destino cruel

Robyn Grady

Acepte 2 de nuestras mejores novelas de amor GRATIS

¡Y reciba un regalo sorpresa!

Oferta especial de tiempo limitado

Rellene el cupón y envíelo a
Harlequin Reader Service®
3010 Walden Ave.
P.O. Box 1867
Buffalo, N.Y. 14240-1867

¡Sí! Por favor, envíenme 2 novelas de amor de Harlequin (1 Bianca® y 1 Deseo®) gratis, más el regalo sorpresa. Luego remítanme 4 novelas nuevas todos los meses, las cuales recibiré mucho antes de que aparezcan en librerías, y factúrenme al bajo precio de $3,24 cada una, más $0,25 por envío e impuesto de ventas, si corresponde*. Este es el precio total, y es un ahorro de casi el 20% sobre el precio de portada. !Una oferta excelente! Entiendo que el hecho de aceptar estos libros y el regalo no me obliga en forma alguna a la compra de libros adicionales. Y también que puedo devolver cualquier envío y cancelar en cualquier momento. Aún si decido no comprar ningún otro libro de Harlequin, los 2 libros gratis y el regalo sorpresa son míos para siempre.

416 LBN DU7N

Nombre y apellido	(Por favor, letra de molde)

Dirección	Apartamento No.

Ciudad	Estado	Zona postal

Esta oferta se limita a un pedido por hogar y no está disponible para los subscriptores actuales de Deseo® y Bianca®.
*Los términos y precios quedan sujetos a cambios sin aviso previo.
Impuestos de ventas aplican en N.Y.

SPN-03   ©2003 Harlequin Enterprises Limited

Eres única

RACHEL BAILEY

Matthew Kincaid siempre había conseguido con dinero lo que había querido. Sin embargo, lo que su hijo necesitaba era algo que ni todos los millones que había amasado podían comprar. La única esperanza del apuesto y rico viudo era la madre de alquiler que había traído a su hijo al mundo, Susannah Parrish. Susannah no se lo pensó dos veces cuando Matthew le pidió ayuda: la vida del pequeño Flynn estaba en juego. Lo que ninguno de los dos esperaba era la ardiente pasión que surgió entre  ambos cuando Susannah se fue a vivir a casa de Matthew. ¿Sería el amor verdadero que los dos habían soñado?

Cuando el amor surge
en medio de una crisis

¡YA EN TU PUNTO DE VENTA!